推背圖

——有圖有真相

道破生 著

目錄

序言

出生在香港二戰後的嬰兒潮，也和當時很多人一樣，父母因戰亂而從國內避難至香港。

接觸中文和中國文化，是在剛懂人事時，父母要求晚飯前先背頌一篇的「三四五」，三是「三字經」，四字「千字文」，五是「神童詩」，當時對內文是不甚了了，是日後才慢慢明白的。因此，先知道自己是中國人，比知道同是香港人身份要早得多。

小時候最早聽到中國歷史故事的，是從收音機廣播電台的說書節目，包括西遊記、三國演義、水滸傳、七俠五義等。

小學時期，因區內有圖書館，被好奇心和求知欲驅使，就去找這些故事書來看，自此，圖書館便成了每天必到的地方，除了童話故事、寓言故事和成語故事外，也是加深對中國歷史了解的開始，每天看書至深宵也養成了習慣。

《推背圖》這本預言書也是從那個時候借讀過的，那時只是好奇，雖然大概的來源和已發生過的預言是了解的，但也只留下模糊的印象。

其後就是偶爾在電台和報章上聽到、看到，且也發現不同人對未發生的圖象有不同的解讀，甚至只選擇幾句讖言或頌言就下定論，當時也沒放在心中。

剛過去的幾年，香港發生了持續的動亂，香港人的生活出現了嚴重的影響，更別說經濟了，完全陷入脫序混亂的情況。網上更流傳以《推背圖》的預言，亂作解讀，並以此為藉口，煽動更多人加入動亂之中。

為此，促使自己重新翻看《推背圖》中尚未發生的預言，初時還未能將當中的謎團合理地、完全地解開，而當中有一個關於統一台灣的預言，即第四十三象，在這個象中，最難解開的謎題，就是頌言的最後一句「三十年中子孫結」，這句明顯就是揭示統一的年份，但無論如何找不到可以解答的合理理據。

因為工作關係，經常都要運用逆思考，要易地而處為客人設想，終於有一天，突然醒悟過來，這本書成於唐初，寫的人背景是一千四百多年前，我們應該以那時的生活環境、背景、文字、文化去解讀，才能合理地了解作者的意思。

唐朝古人如何去表達年份?生肖、天干地支的六十甲子，還有就是皇帝在位的年號，如唐高祖的「武德」，太宗的「貞觀」，於是就豁然大悟。

也因此也解開了頌言的第一句「黑兔走入青龍穴」，就是借唐朝以前，五胡十六國，後趙石勒稱帝的典故。

就這樣第四十三象就完全完美地解開了。

也循著這個方向，跟著就是第四十二象，必然是在台灣統一之前，就是我們現時正正活在的現實。就這樣，這個謎變成了切身關係了，再不用設身處地，預言中的種種，都化成了現實生活。

一切都是美國在背後做的勾當。

忽然發覺香港人很可憐，更可憐的還是香港的年青一代，都變了美國的棋子，大好前程都毀於一旦。

「金無赤足，人無完人」，國家也如是，「月盈則虧，水滿則溢」，中華智慧講究「謙」、「和」與包容。

人生不如意事十常八九，何況在兩百多年的國難時期，人民不免活在艱難痛苦當中，若為自己不如意的困苦經歷，而作出傷害國家、民族的行為，百年歸老後，又如何面對列祖列宗？

醞釀良久，終於下定決心，要為香港人，中國人做點事。

五千年的中華文化

作為四大文明古國之一，也是全球唯一存在至今的文明古國，文明民族，沒被消失，沒有斷裂。

首先，中國文字是全球獨一無二的，作為全球獨特的方塊字，有別於全球的拼音字，每個字都是獨立的，每個字都有其自身的意義。而每個中文字的產生都根據一個既定的原則——《六書》，就是象形、指事、形聲、會意、轉注、假借。使得中文字成為全球別樹一幟，這也為中華文化帶來有別於全球的智慧和文化色彩。

我們生活在當中，可能不會察覺，但只要仔細想想，中文字為我們帶來的樂趣可真不少。例如猜謎，單是字謎，詞謎，成語謎，當中都可以有很多不同的方式，例如字謎的拆字、合字、意會、假借、形象等都足以給大眾其樂無窮。

一篇文章，全篇的每句可以三字組成，可以四字組成，可以五字組成，也有駢四儷六的排比對偶的駢體文，也有詩詞歌賦等等，當中還有無比的創造空間，比如藏頭詩、寶塔詩、迴文詩，當然還有春聯、對聯，都足以令人拍案稱奇。

正如蘇軾的《題西林壁》：

橫看成嶺側成峰，高低遠近各不同；
不識廬山真面目，只緣身在此山中。

中文字給我們的智慧是潛而默化的，無可比擬的。

此外，文字之外，中國人的「水墨畫」也是全球一絕，我們單是用墨，以水調較墨色的深淺，加上「留白」，就足以令山林水瀑、花鳥蟲魚、虎鶴龍馬等表現得活靈活現。

說到水墨畫，黑白兩色，就展露了中國另一種文化智慧—陰陽變化。

中華民族是一個無神論的民族，雖然我們有我們的神話，有我們的天宮地府、月殿龍宮，但諸神都是由人所化，也所以佛教可以在中國廣泛流傳，因為人人也可成佛，與中國文化中，人人可以成仙、成聖，都是同一個道理，眾生平等。

神不過也是人，中華民族不是自大，而是相信每個人如果都作出努力，為人民作出貢獻，成為民族的典範，就可以得到人民認同、崇拜，成為民眾的精神所向。

中華民族不是沒有敬畏之心，我們以農立國，因此，我們對大自然（道）是持敬畏之心，我們會以「道」作為我們行為的楷模。順天而行，順命而為。

《易》曰：「一陰一陽之謂道，道也者，物之動莫不由道也。」

《道德經》：「道生一，一生二，二生三，三生萬物。萬物負陰而抱陽，沖氣以為和。」

《易經》被稱為群經之首，不但是民族的一個認知而已，我們日常的生活何嘗不是深受其影響，不過也如文字一樣，「只緣身在此山中」。

上文提到黑白兩色，陰陽二爻，中國還有一樣國粹，就是圍棋，黑白兩子在小小的棋盤內進行比賽、拼搏，也是中華智慧的蘊藏。

然而易經也有源頭，就是陰陽八卦，再往上推，就是《河圖·洛書》。《河圖·洛書》是中華民族在沒有文字的時代創造出來的，因為沒有文字，猜測是那是結繩記事的相關產物。過去幾千年來，從創造文字之後，記錄下來的，原來都有一個美麗的誤會，直到最近的考古才揭開真相。過去我們認為的《河圖·洛書》分別是兩幅圖，一為河圖，一為洛書，但經考古的文物出土，卻發現那兩幅原來都是洛書，河圖卻是另外一幅「天河圖」。

詳情可在網上搜尋央視科教的《考古公開課》，「被誤解的河圖洛書」的視頻，這裡不作討論。

但無論如何，這兩幅被誤為《河圖·洛書》的《洛書》，就是我們智識之源，也就是陰陽八卦之母。

我們先建立了「先天八卦」，再到文王的「後天八卦」，之後才有《易經》。

這裡要說的是，由《洛書》至《易經》是一個漫長的歲月，是一個累積和演變的過程，據出土的玉製龜版《洛書》，距今約有五千三百年，到文王創後天八卦，大約經歷了一千八百個春秋。

再從文王創後天八卦至《推背圖》的誕生，也經歷了一千七百年之久，也是一個漫長的歲月旅行。

最後借杜甫的《春夜喜雨》中的兩句：隨風潛入夜，潤物細無聲。

中華文化留傳給華夏子孫的智慧，何嘗不是潛而物化的春雨。

絕對可稱神的預言書《推背圖》

人類有歷史以來，各地的預言不少，但只要仔細分析，其實都是空泛和籠統的。諸如天災、瘟疫、火山爆發、大地震、暴雨、超級龍捲風、洪水、旱災、山火、蝗蟲、彗星殞落等等的自然災害，歷史都發生過無數次，一個預言可以有多次應驗，因為沒有指明何時何地。

人禍的預言也不少，大多千言萬語，包羅萬象，似實還虛，如有雷同，必屬應驗，主要原因也是沒有時限。

中國的預言書也不少，真實有記載，最早成書的是唐貞觀年間的《推背圖》，其後是五代時期吳越錢鏐為了擴張勢力和正當性，那時資訊落後，傳訊大多依靠口口相傳，而亂世信鬼神，是民間常態，於是命屬下借天台山五公菩薩之名，偽作了讖語《轉天圖經》，即後來進化版，《五公經》的前身。之後是宋代邵康節的《梅花詩》，至於《燒餅歌》，因為面世時間是在清末民初，估計是假借劉伯溫之名的作品。其後的《馬前課》，也是假託諸葛亮之名，應是清末民初，革命黨人作為對民眾的宣傳起義的工具。

《推背圖》是唐貞觀年間李淳風與袁天罡所作，主要預言為中國朝代盛衰興替的重要事件，共六十象（包括開宗的前言和後語兩象），跨度自唐開國至未來之世，廣達兩千年，已經證實應驗的已經有四十一象，而且都是順著中國史實歷程，幾乎毫無差異地呈現，當中有圖象，讖言和頌言，圖文中，包括人物、時間、始末等，當中互為解釋和說明。

當然，質疑的聲音不少，主要是說後人穿鑿附會，胡亂拼湊。其實這不足為怪，就是現時香港、台灣也有不少人將餘下未發生的圖象，作對自己有利（包括政治目的）的胡亂拼湊、斷章取義的解讀，成了獲取利益的工具，其中「大紀元」更是表表者，這也為《推背圖》帶來了負面形象。

不過，只要翻開過去的歷史，依次對照圖象，不難發覺《推背圖》的準確性，是無與倫比的。

一個凡人，沒有通天徹地之能，沒有穿越時空能力（如有，則人像不會清一色古裝），卻能將未來千多年後，歷代的演變過程，作出準確預告。當然要挑剔也可以，畢竟每象表達事件的，最多不超過五十字（連卦象）。

相對那些任何時候都會應驗的天災人禍，虛言空語，《推背圖》不該封神嗎？而且，相信李、袁兩人不是得到神靈感召，藉此展現神蹟。

另外，有傳宋太祖趙匡胤建國後，因為《推背圖》已在民間盛行，為了「國安」和後世基業，竟然製作了過百版本的《推背圖》，以擾亂民眾，這也是人們對《推背圖》的精確性產生疑惑的一個原因。

李淳風作《推背圖》時，官職是大唐的「朝議大夫行太史令上輕車都尉」，因他通曉天文星象，曆法及數學，所以主要職務也是他相關的才能。貞觀七年，李改進了渾天儀，在渾天儀的赤道環上增加了黃道環和白道環，造出當時唯一的「三重環渾天儀」；貞觀十五年，任大史丞，撰研究天儀的《法象志》；貞觀二十二年，出任太史令，奉詔註譯《算經十書》。除《推背圖》外，李還著作有《典章文物志》、《秘閣錄》、《乙巳占》和《麟德曆》等。

這些著作，相信都存放在宮中，包括《推背圖》。基於秦始皇焚書坑儒的教訓，後人都知道典籍史冊的重要性，無論朝代更替，兵凶戰亂，宮中典籍都會得以保存。

由唐太宗至唐衰亡，經歷約二百五十年，期間宮中有人偷偷翻抄《推背圖》，流傳民間，實不足為怪。原籍或復刻版仍存放宮中，應該也是常理之事。

現今坊間常見的版本，是明、清年間的才子金聖歎版本，象中有六十甲子的排序，前四十一象也順著歷史的盛衰更替發生，並得以驗證，而第四十二象，也正是我們親身感受到的預言，只要用心體會，必會拍案叫絕，所以相信這是最為可靠的版本。

如世上有人能從唐初活到今天，親身經歷所有預言的發生，絕對會認證《推背圖》確為神級的傑作。

溯源《推背圖》與《推背圖》2.0

首先，先說說如何解讀和解開《推背圖》的預言。

《推背圖》成書於唐太宗貞觀年間，約公元640年前後，一共六十象（預言），從開始至今，已完成並見證了的四十二象，時間經歷約一千四百年，平均每象為三十三年，以此推算，六十象就是約二千年了。

《推背圖》是以中國為主的預言書，預言也以國家大事為主，並沒有預言國際大事，當然，如該國際大事涉及中國，自然會提到，如第三十八象的第一次世界大戰，中國在1917年被捲入其中。而第二次世界大戰，中國主要對手是日本，就是第三十九象的日本侵華事件，還有將來的第三次世界大戰。所以首先要了解的是，第一，是國家盛衰興替等大事；第二，不會預言國外的大事，除非該大事影響到中國；第三，不會為一人一事或地區作預言，除非影響到國家盛衰興替。

既然此書成書於初唐，理解圖象的用語、典故、角度、立場等都應以國家觀念為主，以當時的人民觀念、生活習慣為主。至於每象經歷的平均年數，只是平均數而已，如太平盛世較長，當中又沒有外敵入侵，自然兩象之間會超過平均數值。

至於每象的謎題，如字謎、圖象的隱喻、都可以以其他圖象的相關圖象和用語作參考和比較，這是作者一貫的思維表達邏輯。

例如第四十一象的頌言「血無頭」，是指「血」和「無」兩字的第一筆，兩撇合起來就是一個「八」字；第五十九象的頌言「簽筒拔去竹」，「簽」和「筒」去了竹，就是「僉」和「同」兩字，這類拆字、合字，一語相關的中國字謎，是常見的模式。

每象按六十甲子順序排列，是一個接一個。之所以被人批評《推背圖》是胡扯亂解就是一般人將圖象斷章取義來運用，以達到個人目的所導致，然而《推背圖》已順序完成了四十二象，每象都是按已發生的歷史順序完成並認證，後來的也一樣。

李淳風和袁天罡如何寫成《推背圖》？

大家都知道世界上有四大「文明古國」，普遍指的是古埃及、古印度、古巴比倫和中國。古巴比倫只存在於三千多年前的歷史之中，古印度和現存的印度幾乎拉不上關係。不論文字、語言、宗教、民族，古埃及的文字和語言，現在的埃及人也讀不出來，餘下的只有歷史文物和建築。

中國卻是四國之中，是唯一一個民族，歷史沒有斷裂過，文化沒有變異過，各民族和地區方言都有所不同，然而自有文字以來，雖然經歷了不同朝代的演變，但至今我們仍可以讀得出、看得明。

從《河圖洛書》的黑白兩點和天圖，演變成「先天八卦」的陰陽二爻和四方八面，到後來的「後天八卦」和六十四卦，再到後來成為群經之首的《易經》。

中華民族的日常生活，包括食物、節日、風俗、醫卜星相、待人處世、禮教思維等等，幾乎和陰陽、易經脫不了關係。

文字沒有斷過，歷史也沒有斷過，儘管曾有被外族統治過，數千年來，這那些外來民族都在偉大的中華文化的大熔爐中，被同化，而融為當中一份子，成為一個大家庭。

也因為歷史我們沒有斷裂過，大大小小的事件我們都有文字紀錄，當中包括天災、地震、人禍、國家盛衰興替等等。

天干地支、五行生尅、日月星辰、陰陽八卦、四柱八字，凡此種種，都不過是一個象徵符號，這些符號都代表了某種性質，某種徵兆，這些都是經過長久的歷史洗禮，而得到印證的，都有文字紀錄。

李淳風和袁天罡都有一個共通點，就是出生道學家庭，都精通陰陽變化，易經八卦。入朝為官後，都能在皇宮藏書中取得前人所錄。

因緣際會之下，《推背圖》就此誕生。

說來簡單，事實上，若沒有幾千年的資訊積累，和精通卦象變化之道，是無法辦到的。

這些積累，相信也成就了數百年後宋朝的邵康節（邵雍），寫成《皇極經世書》，直至今日，元會運世編排的卦象，仍然指示著我們的國運、家運等走向。

在年青時期，因好奇而涉獵術數，曾聽說精通「奇門遁甲」的高人，能算出什麼時候有人來訪，來者是男是女，姓什麼，所問何事等。

古時將帥，除了兵法，還要懂天文地理。

三國時，諸葛亮借東風火燒赤壁，起高臺，祭天地，以借一時東風之勢，火燒百萬曹軍，真相為何？

中國曆法有「冬至一陽生」之句。

冬至是二十四節氣中第一個制定的節氣，在農曆的十一月（復卦，一元復始），是夜長日短的最後一日，此日過後，白天時間，漸漸增長，陽氣漸生。周朝時，就以十一月為子月，冬至是一年之始，春節當天就是冬至，到漢朝改朔，才將春節改為正月（寅月）初一，所以也有冬大過年之說。

古時，以務農為主，沒有工業污染，氣候變化穩定，通常在冬至後第三日，就會迎來全年首個入冬後的東風，當然因為地球環繞太陽一周，需時 365 日 6 時 9 分 10 秒，因此每年起風也有時辰的差異，但也有跡（數據）可尋。

諸葛亮起壇祭天，不過是裝模作樣，故弄玄虛罷了。

所以，與其說風水迷信，不如說是一種統計學。

因此《推背圖》應該可以有2.0。

李淳風另有一本著作《乙巳占》，是寫於唐貞觀十九年（乙巳年），內容表面是講述天象、天數、日月星辰、風力、雲氣等，但也何嘗不是從觀察入微，達致預測未來之事。

在本書後也附上李淳風在《乙巳占》寫的序，後四句：「文外幽情，寄於輪廓，後之同好，幸悉予心。」頗堪回味！

現代人有一句諺語：得資訊得天下。

當年李袁二人，心無旁騖，不似現代人，生活多姿多彩，但現今科技，有人工智能，有大數據，有超級電腦，要再延續《推背圖》二、三千年，或許並非難事。

第一象　甲子　☰☰ 乾下乾上 乾

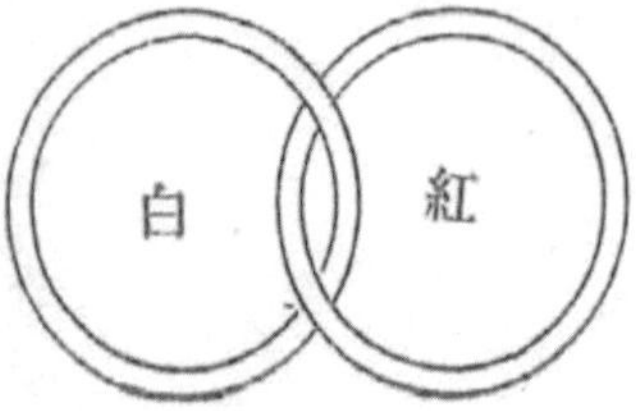

讖曰

茫茫天地　不知所止

日月循環　周而復始

頌曰

自從盤古迄希夷。　虎鬥龍爭事正奇。

悟得循環眞諦在。　試於唐後論元機。

聖嘆曰此象主古今治亂相因知日月往來陰陽遞嬗即孔子百世可知之意紅者爲日白者爲月有日月而後晝夜成有晝夜而後寒暑判有寒暑而後歷數定有歷數而後統系分有統系而後興亡見矣

這是《推背圖》的第一象，應該很少人會談及或詳細解釋當中的意義，藉著溯源的目的，今嘗試細探當中的玄機。

圖象中的兩個圓環，一紅一白，自然是指太陽和月亮，下面的讖言的第三句也說明指的是日和月，日月在中國文化上也指陰陽、虛實、有無、動靜、正反、明暗等相對的意義，然而圖中不以兩個圓形表示，而是以兩個圓環顯示，兩環互交而成一體，形成紅中有白，白中有紅。

老子《道德經》第四十二章：道生一，一生二，二生三，三生萬物。萬物負陰而抱陽，沖氣以為和。人之所惡，唯孤、寡、不穀，而王公以為稱。故物或損之而益，或益之而損。人之所教，我亦教之。強梁者不得其死，吾將以為教父。

「萬物負陰而抱陽，沖氣以為和」，說的是陰陽二氣互為中和，平衡而合二為一，也是一為二，二為一的和諧狀態。

讖言四句說的是宇宙虛空蒼茫，遼闊而不知邊際，動靜、陰陽卻在當中不斷的運行變化，從虛無的宇宙中，道生了一，一生了二，二生了三，量變而形成了萬物，繼而循環不息，周而復始。

頌：自從盤古迄希夷，虎鬥龍爭事正奇。

悟得循環眞諦在，試於唐後論元機。

中國神話傳說中，天地最初是混沌一團，仿如一只雞蛋，而在當中，慢慢孕育出一個生命，就是盤古。視而不見為之希，聽而不聞為之夷。盤古經歷以萬年計的歲月，終於睜眼甦醒過來，可是眼不能視物，耳不能聽聲，於是怒而起，天地開。天地萬物生成後，就產了紛爭惡鬥。正是常規，奇是變化，無數的鬥爭中，有著不同的變化和因緣。

天地萬事萬物，包括人類，不斷地演進，雖或有著不同的發展，但當中還是有著相同之處，有跡可尋。

有幸中華民族在歷史長河中，沒有斷裂，在演化的過程中，雖然不免戰爭兼併，然而仍有史可尋，有文可考。後人在這些歷史累積中，得到當中循環變化的奧妙至理，如李淳風、袁天罡兩人。

就這樣，二人就有了《推背圖》，說是元機，是對於不明其理而言，明白當中的變化義理，就是簡單的統計學。就如之前所述，奇門遁甲的高人，可以用五行、干支和卦象等，預知來者的姓氏、性別和所求何事，這就成了「旁觀者迷，當局者清」的情況。

宋邵康節（邵雍）以先天八卦，配上「元、會、運、世，和年、月、日、時」，編成了《皇極經世書》，用以推演天道消長，人事興替。

《皇極經世書》以十二萬九千六百年為一元，也就是一個大循環，傳他在離世前留下一句遺言：十二萬九千六百年後再見。

洩露天機

在寫此書之前，腦海中一直有一個問題，把《推背圖》的預言解開，公開統一的時間，是會洩露天機？會否改變未來的進程？

先談談洩露天機。

《推背圖》成書於唐朝貞觀年間，當時李淳風與袁天罡兩人都正任職朝廷，所寫的文書應該都存放於宮中，正如李淳風的《法象志》、《算經十書》、《典章文物志》、《秘閣錄》、《乙巳占》和《麟德曆》等。

《推背圖》流於民間，是在唐末、五代期間，顯然是唐末朝廷混亂時，有人在宮中抄錄出宮的。這書在宮內存了二百多年，經歷了約二十個皇帝（包括唐太宗），要說洩露天機，應該算在李袁二人頭上，然而這樣說也有問題，既然書存於宮中，太宗應該是知道的，以當時的封建帝制，李袁兩人應該會被判刑秋決，可是，這書卻留傳到唐末才流傳至民間，而李袁兩人都是告老還山，頤養天年。

到了宋朝，太祖趙匡胤有見於《推背圖》在民間廣泛流傳，為了鞏固基業，製作了過百套版本，散落民間，以亂視聽，然而正版應該仍在宮中。

所以天機早在一千四百多年前已經洩露，自流落民間起，解謎解讀的人多的是，然而每每因人言人殊，各有演繹，預言驗證往往都在事後。

不敢說今日的解讀，一定對預言的真意是百分之百，但因為《推背圖》的預言已經完成了四十二象，作者的創作邏輯脈絡，可以用心去比較對照，應該可以得到較合理的解釋。

所以洩露的問題，可以說是談不上。

改變未來

這個問題頗有玄味。

在此要問一個問題，是先有預言才有劇本，還是預言是劇本的預告？

如三十年前即1993年，有人告訴別人，中國會於三十多年後會統一，以當時中國的實力和狀況，相信他去問一百個人，會被恥笑兩百次。

讓我們回到1993年，當時中國還租用美國GPS導航系統，當年也正好發生了「銀河號事件」，7月23日，美國稱有確鑿證據指「銀河號」貨輪上載有化學原料，要運往伊朗，美國派出兩艘軍艦，在印度洋國際海域將「銀河號」貨輪截停，要求上船搜查，「銀河號」拒絕要求，美方關閉了中方的GPS導航系統。「銀河號」被困在國際海域達三週，在幾經交涉和第三方（沙地）協調下，美方願意由沙地代表美方上船檢查，結果船上未有搜出美方所提的化學物品。事後美方拒絕道歉，「銀河號」在此事件中被困長達三十三天。

之後是1996年的第三次的台海危機，美國派出兩個航母戰鬥群到台海，包括獨立號和尼米茲號航母。亦曾關閉 GPS 導航系統，致中國軍演時導彈失焦，迫使中方放棄計劃，是次台海危機因而落幕。

這兩件事件，迫使中國自主研發自己的導航系統，亦終於在2020年，北斗三號系統完成「全球無源定位」，中國正式擁有自己的導航系統，不再受制於人。

1999年南斯拉夫中國大使館被炸，也是中國忍下一次國家恥辱，再一次迫出中國自強的力量。

三十年翻天覆地的驚人變化，中國各樣基建，如高鐵、超世界級的跨山、跨海、跨省大橋、太空站、月球採壤、火星探測、盾構機、智能貨櫃碼頭、高超音速導彈、極高超音速風洞、大飛機……等等，不勝枚舉。

到最近的俄烏戰爭，為中國提供了統一的預備，去美元、美債，也為台灣人民提了個醒，這一切一切，像是為統一編了的劇本，正慢慢一步一步的朝預言方向邁進。

以上只是幾個較為重要的事，只要回望過去這三十年，細察世事，不難發覺不少事件是按著劇本的劇情，一步步推進。

所以，究竟是先有預言才有劇本，還是預言只是按照劇目作預告？

我們能改變未來嗎？

《推背圖》傳世已經一千四百多年，一個個相繼應驗的已有四十二個，劇情一個個成功演出，沒有一個例外，人們不過是按劇本，盡忠職守地演出而已。

自學術數時，常有「趨吉避凶」之言，吉可以趨，凶則不能避，不能免，只能減。

一念為公則善，一念為私則惡！

我們不能改變結局，但可以選擇走向結局的道路！

願華夏子孫以民族念！願兩岸領導者以蒼生念！

第三十九象　壬寅　巽下兌上　頤

讖曰

鳥無足　山有月

旭初升　人都哭

頌曰

十二月中氣不和。南山有雀北山羅。

一朝聽得金雞叫。大海沈沈日已過。

聖歎曰此象疑外夷爭鬥擾亂中原必至酉年始得平定也

第三十九象　壬寅　頤卦

讖曰：鳥無足　山有月

旭初升　人都哭

頌曰：十二月中氣不和　南山有雀北山羅

一朝聽得金雞叫　大海沉沉日已過

皇軍成霸修羅場

漢滿為奸豺狼地

此象闡述日本侵華事件是最明顯不過，鳥無足，足的四點改成山字，是一個島字，旭日和圖中的太陽，毫無疑問說明了島國日本的崛起，因而做成了極大的人禍災難，中國軍民在這場戰事中，估計死亡人數高達三千多萬，當時在中國這一大片土地上，絕對是一個不斷殺戮的人間修羅場，「血流成河」的景象，僅用三個字『人都哭』實不足以形容。

《推背圖》對於每個事件都會指出起始時間，此象也無例外。先說明一下，中國傳統的日子，都是以農曆表達，《推背圖》是唐貞觀年間成書，當時並未有公元這一回事。日本打響侵華的號角是1937年的7月7日，史稱『七七事變』。頌的第一句「十二月中氣不和」，指事件始於農曆六月左右，即一年十二個月的中間，當年的7月7日就是農曆的五月二十九日，7月8日是農曆六月初一，戰鼓打響，和平氣氛，自此消失。

「士農工商」是中國的傳統觀念，讀書人，有知識的是社會的最高階層，農業是生活的必需，因此也所謂「民以食為天」，對於科學技術都屬旁門，從來不大推崇。於是當西方社會的「工業革命」成功時（清乾隆年間），由於當時訊息落後，清朝毫不知情。也因此，到西方發展到船堅炮利時，也正值大清衰竭之日。

大清晚年，被迫簽下不少《不平等條約》，也因此興起了「洋務運動」，但朝廷當時的貪污腐敗已經極其嚴重，運數已然到了末期。

民國初年，軍閥割據，內戰頻仍，民生苦困，更何談工業發展與改革，落後之勢豈能一朝翻天？不少知識份子，心中就有了一份「恨鐵不成鋼」的心態，開始出現了一股疑古思潮，以顧頡剛為首的「古史辨派」生成，也催生了「五四運動」。

日本的崛起，始於「明治維新」的成功，也影響了當時中國的文化與改革運動，也成了日後日本侵略亞洲，高舉「大東亞同榮圈」的正當性。

頌言中的第二句，「南山有雀北山羅」，指的是日本侵華時，最具代表性的漢奸人物，南方是汪精衛，他的名字精衛是取自我國神話「精衛填海」的精衛鳥；另一個是北方偽滿州國的愛新覺羅溥儀。

其實這兩個人只是當時漢奸的代表人物，助日為虐的漢奸實在不少，若以現代的常用語，應該可以用「公知」一詞來形容，今借曹植《贈白馬王彪》中的兩句：「鴟梟鳴衡軛，豺狼當道衢」。只能慨歎洗腦工程，無時無處不在。

這種情況也同時出現在其後《推背圖》的第四十二象。頌言的第三、四句，是說明及形容日本戰敗投降的情況，以蛇吞象的侵華戰事結束，那年就是1945年的乙酉雞年，「一朝聽得金雞叫，大海沉沉日已過」，太陽西下，民族創傷何時復？仇恨可以放下，歷史永不遺忘！

後記：

中國易經的乾卦，簡單來說是用以闡述世事萬物的成長盛衰過程，從六爻的初九「潛龍勿用」開始，至上九的「亢龍有悔」，而乾卦和坤卦是六十四卦中，惟二擁有用九和用六的爻辭，乾卦的用九是「群龍無首」。

中國歷史上的皇朝，從開國後，慢慢進入盛世，然後由盛而衰，然後必然出現群龍無首的情況，幾乎無一例外，漢末就是群雄並起，然後是三國鼎立；晉亡後，便是五胡十六國；唐末一樣經歷藩鎮割據，五代十國等。清末的情況也不例外，中華民國雖算正統，但軍閥割據，南北戰爭未息，之後是日本侵華，然後是國共內戰。可以說由晚清至中華人民共和國立國這一百多年，都是民生凋敝的苦難時代。

這是世事盛衰的真實循環現象。

當然在《易經》裡，「群龍無首」主要解釋是「用九，天德不可為首也」，身處亂世，隱藏實力，等待適當的時候才展露，才是「見群龍無首，吉」的真正意義。在於個人，在成功後也應該明白「功成身退」的至理，范蠡（陶朱公）、張良就是最好的例子。

在大亂世下，經濟、教育、民生都是在波瀾起伏中渡過的，沒有安穩的日子，何談工業改革，科技發展？在這樣的生活環境中，對中華五千年文化作出批判，實在有欠公允。

中華文化源遠流長，在這條歷史長河中，我們跌倒過、痛苦過、悲傷過，也曾受盡屈辱，但我們從來沒有絕望過。

時至今日，我們已經可以有能力與過去百年稱雄的大國並駕齊驅，這也是舉世有目共睹的事實，而且認真來說，我們在對外開放，正式走向世界，幾乎是由零開始，只花了四十多年。這樣的成就絕對可以用一句「曠古鑠今」的成語來形容，「天下英雄誰敵手？美歐。再世也當在神州」。

這正正證明中華文化的底蘊所在，中華民族無須妄自菲薄，也無須再要仰視西方，將其奉為圭臬。

第四十象 癸卯 ䷑ 巽下艮上 蠱

讖曰

一二三四　無土有主

小小天罡　垂拱而治

頌曰

一口東來氣太驕。　脚下無履首無毛。

若逢木子冰霜渙。　生我者猴死我雕。

聖歎曰此象有一李姓能服東夷而不能圖長治久安之策卒至旋治旋亂有獸活禽死之意

山

第四十象　癸卯　蠱卦

讖曰：一二三四　無土有主
小小天罡　垂拱而治

頌曰：一口東來氣太驕　腳下無履首無毛
若逢木子冰霜渙　生我者猴死我雕

退島苦守事無奈
翻天徒勞夢空為

此象是接續日本侵華後的國家大事，就是國共內戰，天下歸一仍有缺的史實。
《推背圖》成書於唐貞觀年間，今人多以現今觀念，或處於自我立場來解讀，不免引起諸多爭議，所以，要正確解謎，理應設身處地，以先賢的角度與觀念來解析，才能接近預言的原意。

所以，首先說明一下這預言的歷史背景。二戰隨著德日投降，聯合國於 1945 年 10 月成立，中華民國成為創始成員國，並成為五個常任理事國之一，而這件事也成了這預言中的一個歷史理據。

1949 年，以國民黨為代表的中華民國戰敗，退守台灣，中華人民共和國在 10 月 1 日正式成立，成王敗寇，在一大片的中國國土上，在中國傳統來說，中華人民共和國已是唯一的合法主權國家，已無可爭辯。

圖中有三個孩子，三人手裡分別拿著一個圓形物體。回看《推背圖》已發生的預言，我們不難理解當中的邏輯性，小孩是代表一個地方的割據政權（雖然中華民國曾是合法政府），到天下歸一的圖象時，所代表的人物就是一個成年人。

1949年新中國成立後，中華大地上，除了新政府能管治的地區外，還有三個地區是歷史問題，未能回歸祖國的，就是台灣、香港和澳門。

讖言：一二三四　無土有主　小小天罡　垂拱而治

一二三四是一個謎，而第二句無土有主是解謎的提示。一二三四是缺五，中國的文化以五為簡稱的倒有不少，但排第五是「土」的只有「五行」，金木水火土。土所指的就是這三個地方的管治者，都是只有治權而沒有「正當」主權，這也應該以古人的傳統家天下的觀念來解讀。三個小孩手中的就是「小小天罡」，管治權。

小時候，第一次認識「垂拱」一詞，是背頌「千字文」中的「坐朝問道，垂拱平章」，當時父親只要我背頌，沒有解釋，其意義是日後才知道。垂拱一詞出自《尚書・武成》：「惇信明義，崇德報功，垂拱而天下治。」，意思是放下雙手，即道家所謂的無為而治，用現今述語，就是小政府。

香港和澳門分別割讓了給英國和葡萄牙，主要官員，兩國基本上都是委派英籍和葡籍官員來管治，其餘都是委任當地的人民，也是用小政府的治理模式。我小時候，也知道香港政府的各部門貪污盛行，香港政府是隻眼開、隻眼閉的。

台灣美其名是一個國家，但主權一事，事實至今，重要的政策，都沒有主導權，如軍事、外交、領導層等都是受制於美國。如台灣曾有計劃研發核子彈，因洩密而為美國所知，被迫胎死腹中；就算金錢外交，何嘗不是有賴美國以權力在後面主導；每屆總統競選，參選人都必須獲得美國「首肯」，才能得到「福蔭」，都是「心照不宣」的事實。

十六個字，在一千四百多年前，就把這段期間，港澳台三地的處境描述的淋漓盡致。

頌言的四句，隱含了當年的五個重要人物，計有中華民國的開國元首，也有中華人民共和國的開國領袖，也有中華民國兵敗退台的領導人。也是《推背圖》唯一之舉。

「一口東來氣太驕」，一口是一個「日」，日即太陽，共產黨有一首《東方紅》，是歌頌當年共產黨領導人的。據說這歌的創作始於 1942 年，1943 年重新填詞，1945 年 10 月重新修改並定案，在十一月正式命名為《東方紅》，並公開演出。東字點出了毛澤東的名字，而來字則是周恩來。《東方紅》的歌詞是歌頌毛澤東的偉大，是帶領人民建立新中國的領導人，氣勢如驕陽東升。當然「東來」一詞，也可形容解放軍從延安向東而來。

「腳下無履首無毛」，「履」這字，古時是動詞，形容行走，踐踏的意思，如「履霜」、履的卦辭「履虎尾」、「如履薄冰」，《莊子・庖丁解牛》的「足之所履，膝之所踦。」，唐以後才有了「鞋子」的代名詞。所以腳下無履應該解作足下無立足之地，這樣也就能解釋下面三字「首無毛」，皮膚缺了毛，沒有了毛髮的保護，意思就是受傷了，全句的意思就是，在毛澤東領導下的解放軍，將以國民黨領導（首）下的國軍打得潰不成軍，傷亡慘重，無立足之地。

這句在坊間也有將「首無毛」解釋為蔣介石的禿頭，這只是粗鄙的理解，《推背圖》作者李淳風、袁天罡兩人俱是有識之士，應不會用這種無禮的言詞。

第三句的木子為李的李姓人士，台灣有人解作是李登輝，認為李當上總統後就可以反攻大陸或解決兩岸問題，因為這句的後三字為「冰霜渙」，這與當年 1945–1949 年的歷史背景的時間大有落差，也是台灣人士一廂情願的偏頗想法。

1948 年底，國軍在三大戰役中大敗，國軍傷亡慘重，兵員與共軍差距達二點七倍，信心大失，府內傳出議和之聲。

1949 年 1 月，蔣介石被迫引退，由副統李宗仁出任代總統，同月李宗仁向毛澤東提出「決促進和平實現」。

毛澤東邊談邊打，至同年四月，共軍發動「渡江戰役」，為此，毛澤東當時寫下一首《七律・人民解放軍佔領南京》，其中兩句「宜將剩勇追窮寇，不可沽名學霸王」，正道出了毛澤東心中虛談實攻的謀算，最終以全殲國軍為目的。毛澤東固然沒有學項羽在「鴻門宴」中的婦人之仁，放走了劉邦；而蔣介石也沒有學項羽的「烏江自刎」，而是退守台灣。

因此「若逢木子冰霜渙」中的李姓者應是當時的代總統李宗仁，「冰霜渙」三字正好呼應了第一句所隱喻的「一口」為日的驕陽，烈日下，冰霜瞬間融化消解。

「渡江戰役」後，國民黨退守台灣。

第四句是將中華民國的起始與結局作結語。

中華民國的建立人是孫中山，猻為猴；而第一任中華民國大總統為袁世凱，猿亦為猴，「生我者猴」暗指出中華民國的開國者，而「死我雕」的雕字，古與「周」同，這個周姓者，則是後來擔任中華人民共和國總理的周恩來。

以中國傳統來說，國民黨戰敗，退守台灣，已再無力「逐鹿中原」了，中華民國其實名存實亡，所以台灣民進黨人仕也常說中華民國是流亡政府，連台灣第一位女副總統呂秀蓮也曾在公開演說中以此來形容，當然為了權力，爭取領導權也是無奈之舉，也特顯台灣政壇人士的矛盾心理。

不過，以現今國際規則來說，直至1971年，聯合國才正式承認中華人民共和國的地位，並正式取代中華民國，成為聯合國五常之一，中華民國在名義上，也正式退出了國際舞台。而促成這事，當中的主力斡旋者，正正是總理周恩來。

第四十一象　甲辰　☲☲　離下離上　離

讖曰

天地晦盲　草木蕃殖

陰陽反背　上土下日

頌曰

帽兒須戴血無頭。手弄乾坤何日休。

九十九年成大錯　稱王只合在秦州。

聖歎曰此象一武士擅握兵權致釀地覆天翻之禍或一白姓者平之

第四十一象　甲辰　離卦

讖曰：天地晦盲　草木蕃殖
陰陽反背　上土下日

頌曰：帽兒須戴血無頭　手弄乾坤何日休
九十九年成大錯　稱王只合在秦州

蓋棺功過先聖論
檢討得失後人評

建國與治國是兩件不一樣的運作模式。中華人民共和國成立後，面對的主要問題就不是簡單武裝謀略，而是經濟生產和民生的問題。

此象的頌言，最後兩句「九十九年成大錯，稱王只合在秦州」，明顯就是《推背圖》給予建國者的定論。

晦盲一詞見於《呂氏春秋，季夏紀，音初》：「夏后氏孔甲田于東陽萯山，天大風晦盲，孔甲迷惑。」，意思是指光線幽暗，景象混亂。

而「草木蕃殖」，則可見於李白的《大臘賦》中的一段：「使天人晏安，草木蕃殖；六宮斥其珠玉，百姓樂於耕織」，其描寫的是天下太平，草木穀物等得以快速成長。

中國大陸結束國共內戰，從三十八年的混亂狀態，民生與民心終於走向穩定。然而國家領導層明顯缺乏治國經驗，一方面的表象是人口增長，農業發展迅速，但政治和政策方面，明顯出現混亂和錯誤。

三面紅旗、大躍進所推行的政策，明顯是脫離現實，操之過急和缺乏全盤考量，一年間，這場政治社會運動，引發全國吹起「浮誇風」，更導致官員貪污腐化，瞞上欺下，最終爆發了一場長達三年多的大饑荒。

其後更引發一場場的政治鬥爭運動，導致劉少奇和鄧小平與毛澤東的政策路線發生矛盾差異，終於再引發一場長達十年的文化大革命。

此象的圖，是一個武裝的男子，腳踏一個圓球，配合「陰陽反背，上土下日」兩句，點出這圓球是一個無光的太陽，也可說是權力的象徵，上土下日，是地火明夷卦，卦義是光明被掩蓋，是黑暗，是亂世。

「帽兒須戴血無頭」是一個字謎，也是當時文化大革命的一種現象，「血」和「無」兩字的頭一筆都是一撇，兩撇就是一個「八」字，什麼帽子有一個八字呢？而又必須戴呢？就是解放軍的「八一」帽子，也是當時紅衛兵所戴的帽子。

「手弄乾坤何日休」，了解那個時期的亂世，其實也不用多作解釋了。

最後兩句「九十九年成大錯，稱王只合在秦州」，就指出亂世的結束，同時也點出毛澤東去世的時間。

九十九是虛數，九加十九是二十八，從1949年計起，中國文化傳統開國首年是元年，即人出生那年已是一歲了，二十八年就是1976年，這二十八年來，毛澤東無疑是犯了大錯，他也在1976年9月9日（恰巧也應了九九之數?當然這只是純粹巧合，公元在中國普及，應該是二十世紀的事了）去世。最後一句是《推背圖》給他的註腳，稱王還是只適合在陝西（秦州）的延安（中國共產黨的根據地），毛澤東的偉大，止於他終結了中國百年的混亂局面，重歸統一。一個亂世雄才，不一定有治世之才，當然，至於功過得失，還待後世歷史學者評價。

第四十二象　乙巳　☶☲ 艮下離上 旅

讖曰

美人自西來　朝中日漸安
長弓在地　危而不危

頌曰

西方女子琵琶仙。　皎皎衣裳色更鮮。
此時渾跡居朝市。　鬧亂君臣百萬般。

聖歎曰此象疑一女子當國服色尚白大權獨攬幾危社稷發現或在卯年此始亂之兆也

第四十二象　乙巳　旅卦

讖曰：美人自西來　朝中日漸安
　　長弓在地　危而不危

頌曰：西方女子琵琶仙　皎皎衣裳色更鮮
　　此時渾跡居朝市　鬧亂君臣百萬般

西弄色革卯終始
東興豹變泰開來

「風流總被雨打風吹去」，毛澤東時期落幕，中國開放，從創傷混亂中重新起步，然而世事無常，內事剛平，外事又起。

此預言是發生在我們這一代人的進行式，也正走入尾聲。

此象的圖象是一個抱著琵琶的女子，一張弓放在地上，旁邊還有一只兔子。琵琶大約在秦漢時期，從波斯傳入，約有二千多年歷史，暗示西方以非武力，軟文化的方式入侵。長弓，在《推背圖》中，除了此象，還有的是後來的四十四象和五十八象，後兩象的弓都是背著的，人弓合起來是個「夷」字，指外族或外國人。第四十四象的頌言：「四夷重譯稱天子」，和第五十八象的讖言：「大亂平，四夷服」，表達的意義相同，當然在此象也有入侵者放下武器，以非武力的方式來進行破壞、顛覆。

旁邊的兔子，暗示是兔年，由兔年開始，兔年結束。

讖言：「美人自西來，朝中日漸安」

西方來的美人，同樣指出了來者是美國人。第一句第三個字是「自」字，第二句第二、三兩字是「中日」，兩字合起來是「由」字。圖中從西方來，抱著琵琶的美人是「自由神像」，琵琶所表達的寓意，是西方所謂「自由民主」的價值，亦即是軟文化。

頌言：「西方女子琵琶仙，皎皎衣裳色更鮮」

1989年的北京天安門事件，正是美國對中國發動的第一次顏色革命，「色更鮮」三字清楚不過。

一件大事的發生，不會是偶發性的，事前必會進行滲透，意識形態的洗腦。作為一般人，不會知悉美國何時開始啓動計劃，天安門事件的兩年前，正是丁卯兔年，這是《推背圖》的推論，而事件的重要人物胡耀邦，正是於1987年（丁卯兔年）被迫辭職，而1989年的兩年後，胡耀邦逝世，正式拉開了六四的序幕。

天安門事件的發生與落幕，正好見證了頌言：「長弓在地，危而不危」，而「日漸安」的「安」字，是巧合或是另一個隱喻？

天安門事件後，美國與西方不斷以此繼續在媒體、輿論上發酵，攻擊中國政治體制，以自由、民主、人權等做幌子，進行削弱中國國際形象，並企圖推翻中國政權。

香港當時作為英國殖民地，又是中國南大門，美國早已作出部署，一個小小的百萬人口的城市，竟然有數千美國CIA人員和數以十計的所謂NGO(非政府機構)在港活動，「東方間諜之城」絕對不是虛有其名的。

儘管中央嚴格管制，事件後，人權組織、人權律師、公知等，如雨後春筍，遍及各界(包括政府部門)。

香港自然不遑多讓，親西方反中的港人，在多年培植下，滲透各行各業，多不勝數，年青人更是從小，在教育開始，就被植入反中、反國家思想。

頌言：「此時渾跡居朝市，鬧亂君臣百萬般」

相信過去三十年的香港人，就算不以民族為念，平心靜氣，撇除偏見，回顧過去，應該可以體會這兩句的所描述的境況。

香港2019年發生的動亂事件，最終以落實《香港國安法》而消弭，美國在港的情報人員、機構，也到了曲終人散的時候，出售了香港的豪宅間諜中心，人員撤離香港，散落在台灣和其他亞洲各地。

時至今日，2023年癸卯兔年，美國主導的前後兩場，轟動國際的顏色革命，正步入歷史。

而中國亦正昂首闊步，邁向統一復興之路。

第四十三象　丙午　☲☴ 巽下離上　鼎

讖曰

君非君　臣非臣

始艱危　終克定

頌曰

黑兔走入青龍穴。欲盡不盡不可說。

惟有外邊根樹上。三十年中子孫結。

聖歎曰此象疑前象女子亂國未終君臣出狩有一傑出之人爲之底定然必在三十年後

第四十三象　丙午　鼎卦

讖曰：君非君　臣非臣
始艱危　終克定

頌曰：黑兔走入青龍穴　欲盡不盡不可說
惟有外邊根樹上　三十年中子孫結

大統圓夢一步遙
復興偉業萬里程

以一首曲《把根留住》作開始，當中有一段歌詞，最能將這預言的內涵演繹：一年過了一年，啊！一生只為這一天，讓血脈再相連，擦乾心中的血和淚痕，留住我們的根。

這段歌詞最後一句，也恰好解讀了頌言的第三、四句。顏色革命結束，中華民族即將迎來兩件歷史大事，是我們這一代人可以親身見證的大事。

中華民族走過幾千年的歷史長河，朝代從盛轉衰，由衰至亂，再而復歸大一統，萬眾同心，再創繁榮盛世，都有著相同的軌跡。

《推背圖》第四十象已經說明中華民國已於1971年實際上已終結，但名義上仍然存在，當中的讖言首兩句「一二三四，無土有主」，既適合港澳台，也適合中國的處境，中國失去了台灣土地的管治權，但歷史主權是絕不容否定的。

此象是大一統的預言，是毫無爭議的，關鍵是統一時間之謎。

讖言：君非君　臣非臣　始艱危　終克定

首兩句首六字，將海峽兩岸的尷尬與矛盾表露無遺，兩地憲法中的國土，同樣包括海峽兩岸，「九二共識」何嘗不是矛盾的共識，各自表述的「君」與「臣」。別說「中華民國」與「中華人民共和國」互相矛盾，就是「中華民國」的台灣內部，也是爭議不斷，吵個沒完沒了。

要面對、要解決的最終也要解決，如何解決？何時解決？

圖象中有兩個人，一個成年人，一個小孩，第四十象已解釋過，小孩是割據的地方政權，大人才是正統政權。當然「中華民國」無可否認也曾正統過，但「成王敗寇」，實力與事實無可爭辯。

圖中兩人右手都是高舉作勢，可視為動武的舉動，一個作勢打，一個欲擋，但兩人仍是往同一個方向走去，統一的意義是清晰的。

是武統？和統？

《燒餅歌》面世的時間，是在清末民初，應該不是出自劉伯溫的手筆，只是託他的名義，相信也是出自易學、道家高人之手，以填補《推背圖》中的一些細節。《燒餅歌》當中也有一段提到兩岸終歸統一的預言。

「黃牛山下有一洞，可投拾萬八千眾，先到之人得安穩，後到之人半路送。難恕有罪無不罪，天下算來民盡瘁。火風鼎，兩火初興定太平。火山旅，銀河織女讓牛星。火德星君來下界，金殿樓臺盡丙丁。」

首句牛字的上半部的「厶」加下面一個口字（洞），形義合起來是個「台」字。這六句將蔣介石兵敗遷台的情況表述清晰，可圈可點。

《推背圖》的這一象，卦象是鼎卦，與上面《燒餅歌》的「火風鼎，兩火初興定太平」，應該不是出於巧合。丙丁在五行中分別屬陽火和陰火，得見丙丁，就是織女讓牛星的時候。然而「火德星君來下界，金殿樓臺盡丙丁」中，火德星君或指導彈從天而降（武統），又或一個人從天而降（乘機到達台灣），解決統一的問題（迫統）。金殿樓臺盡遭火劫，又或丙丁之年得到解決，樓臺的「臺」字是台灣「台」字的正寫，其寓意可見一班。

回看此象的頌言：

黑兔走入青龍穴　欲盡不盡不可說
惟有外邊根樹上　三十年中子孫結

「黑兔走入青龍穴」說的是五胡十六國中，後趙石勒稱帝的歷史典故。

晉書：茌平令師歡獲黑兔，獻之于勒，程遐等以為勒「龍飛革命之祥，於晉以水承金，兔陰精之獸，玄為水色，此示殿下宜速副天人之望也。」於是大赦，以咸和三年改年曰太和。

茌平縣的縣令師歡應該知悉上意，於是使人尋獲一只黑兔，當時中國的黑兔為罕有品種，民間視為祥瑞，師歡上獻石勒，為其稱帝正名。

《禮記·檀弓下》：「師必有名。」

推測這句頌言，可能是台灣領導人得到「台獨」藉口，甚或別人（國）為台灣提供藉口，又或中央為出師有名而獲得「名正言順」的理據。事實如何，還待事情發展，也如後一句的「欲盡不盡不可說」。

這句坊間也有解說「黑兔」是指癸卯年（2023 年），「青龍」是指甲辰年（2024 年），在此不予置評。

第三句「惟有外邊根樹上」，所指的就是海峽另一邊的台彎了，最後一句就是解開統一時間關鍵之謎。

「三十年中子孫結」

三十年如何理解？如何定義？

這事，我們必須回到中國古代帝制時期，《推背圖》成書於唐太宗年間，百姓對年份的表達，有十二生肖，天干地支的六十甲子，和皇帝在位時所採用的年號，如唐高祖李淵的年號是武德，唐太宗是貞觀。

所以，「三十年中」所指的三十年，應該是國家領導人在位的年期，雖然現在已沒有年號。習近平主席在第一任期完結前，把前兩位領導人採用的兩屆制取消，統一時間之鎖（謎）已經打開，習主席也曾言，統一之事，希望由這一代人解決，不會留給下一代。

在第三十九象中，日本發動侵華的日期，以「十二月中氣不和」來表達，指的就是農曆六月。而中國國家主席每屆任期為五年。

三十年中是關鍵，丙丁也是關鍵。

另外，「丙午丁未」也有「赤馬紅羊劫」之說。

〔附『赤馬紅羊劫大事記』作參考〕

統一時間已是呼之欲出。

但願到時兩岸人民、領導人能作出智慧和理性的方案，免卻一場生靈塗炭。

如前所述，趨吉避凶，吉可以趨，但凶則不能避，卻能減。無論如何，統一完成，中國再無內憂，可以全力邁向民族復興，繁榮盛世，既向祖宗作出交待，也為後世子孫作出典範。

在此，引用戰國醫神扁鵲對魏文侯的一段話。

《鶡冠子・世賢》

魏文侯曰：『子昆弟三人，其孰最善為醫？』扁鵲曰：『長兄最善，中兄次之，扁鵲最為下。』魏文侯曰：『可得聞耶？』扁鵲曰：『長兄於病視神，未有形而除之，故名不出於家。中兄治病，其在毫毛，故名不出於閭。若扁鵲者，鑱血脈，投毒藥，副肌膚間，而名出聞於諸侯。』魏文侯曰：「善。」使管子行醫術以扁鵲之道。

中國歷史有不少名將、戰神、武聖、謀臣等，如呂尚（姜子牙）、孫子（武）、韓信、項羽、張良、霍去病、衛青、關羽、趙子龍、諸葛亮、岳飛……等，都是赫赫有名，享譽萬世。然而兵不血刃，以大智慧為千萬蒼生福，取得國家和平統一，根脈重連，人民安泰，開創盛世，難道就不能名垂千古，為萬世敬仰嗎？

「赤馬紅羊劫」對上一次是「文化大革命」，是天意？是人禍？

禍福從來一念間，

功過原是兩路難；

心存蒼生平安願，

青史留芳鑄懿範。

《推背圖》揭示了天意（真相），何必還要製造人禍？

圖象中二人作勢欲打，是「和」是「武」，今人自決。

第四十四象　丁未　䷿ 坎下離上　未濟

讖曰

日月麗天　羣陰懾服

百靈來朝　雙羽四足

頌曰

中國而今有聖人。雖非豪傑也周成。

四夷重譯稱天子。否極泰來九國春。

聖歎曰此象乃聖人復生四夷來朝之兆一大治也

第四十四象　丁未　未濟卦

讖曰：日月麗天　群陰懾服
百靈來朝　雙羽四足

頌曰：中國而今有聖人　雖非豪傑也周成
四夷重譯稱天子　否極泰來九國春

龍躍在淵萬邦至
鳳鳴於天盛世來

此象是統一後的預言，寓意直接簡單，也沒有隱喻，就是中國成功復興，進入繁榮盛世。不少人對中國現時的發展趨勢，用「崛起」一詞，基於中國的歷史背景，以「崛起」

一詞來形容，則不太合適。中國的「崛起」，已經是二千多年前的事了，中國人自稱為漢人或唐人，因為當時的漢朝已經是亞洲的大國了，「天朝」一詞也源起漢朝，可見中國在亞洲的地位，早已成為周邊諸國的中心。

天地萬物，循環不息，盛衰有期，朝代興替也是常事，自晚清衰亡至今，中國經歷近個半世紀的苦難，現在只是要回復到歷史上應有的地位而已，所以，「復興」才是最恰當之詞。

雖然如此，但當中還有一些玄機，可以值得分享。

「群陰懾服」，群陰具貶意，應該是指那些一直對中國惡意貶損、遏制、恣意挑釁等不友善國家，而將來令到這些國家甘心「懾服」的，必是中國行「王道」而非「霸道」所致，這可從頌言的第二句「雖非豪傑也周成」中理解，周朝以禮治天下，周禮也成了日後儒家學說和國家治理的核心思想。

另外，這個「群陰」之首的美國，自2018年特朗普向中國正式發動科技與經濟戰，無論是否「傷敵八百，自損兩千」，也不管換屆更黨，制裁都是有增無減；也無論債台以3D打印高速疊加，全球去美元化已成潮流，財長萬里來華求買債，但對華強硬之態，仍絲毫不讓，如何能讓其羽翼懾服？為何甘心將全球霸主地位讓出？美國於兩戰後從英國手上接過霸主地位，是一個機緣與時間、空間的積累，而從神壇走下來，也是另一種年月、空間的積累。

在下一個預言中，《推背圖》將會間接透露出一個令世人意料之外的答案。而所謂「百靈來朝，雙羽四足」是指各個國家的圖騰或其代表動物，如中國以龍為圖騰，美國的白頭鷹，法國的雄雞，英國的雄獅，俄羅斯的雙頭鷹和俄羅斯熊等。

作為一個歷史悠久的偉大民族，中國的復興，自大統一至今，與西方的復興與崛起，明顯有著不同的模式。中國人走的路，都是自我修復，從內而興，一步步走向繁榮盛世，正如《大學》：『修身、齊家、治國、平天下』，個人如是，國家也如是。雖然我國現今的科技和軍力已站在領先國家前列，但亦不會以西方的模式，除反擊域外國家先發起的侵略，從不以武力槍炮，脅逼掠奪來達到萬邦來朝。中華民族是愛和平，愛和睦，以和為貴，善良的民族。

現代的復興，經歷了近二百年的苦難和血淚，背負著羞辱與「東亞病夫」之名，五千年的文明與智慧，也被文化界所詬病。然而經歷了幾代人的不懈努力，我們終於走出陰霾，迎來久違了的光輝榮景，也為祖宗聖賢討回一個公道。

作為中華民族一份子，能在有生之年，見證國家民族終於可以抹走百年屈辱，再昂然踏上輝煌臺階，平視整個世界，餘生已無遺憾。

第四十五象　戊申　☶☵ 坎下艮上 蒙

讖曰

有客西來　至東而止

木火金水　洗此大恥

頌曰

炎運宏開世界同。金烏隱匿白洋中。

從今不敢稱雄長　兵氣全銷運已終。

聖歎曰此象于太平之世復見兵戎當在海洋之上自此之後更臻盛世矣

第四十五象　戊申　蒙卦

讖曰：有客西來　至東而止
木火金水　洗此大辱

頌曰：炎運宏開世界同　金烏隱匿白洋中
從今不敢稱雄長　兵氣全銷運已終

同宗同心露端倪
合力合璧結前仇

此象的預言，明顯就是一場戰爭，中國是被動參與方，邀請中國參戰的是一西方國家。

圖象中兩人持槍，一同刺向一個太陽，動作一致無異。

「有客西來」，這位西來客會否和第四十二象的「美人自西來」，來自同一個地方？對手是誰？

「至東而止」，指敵人就在中國的東方，第三十九象日本侵華，日本也是以太陽代表，很明確，這個西來客邀請中國共同對付的敵人是日本。

那一個西方國家與日本有開戰的理由？有那一個西方國家與日本有過恩怨情仇？日本歷史中，只有一次與西方國家打過仗，就是對日本投了兩枚原子彈的美國。

「木火金水」也和第四十象的「一二三四」一樣，暗喻日本在此戰之後，將喪失國家主權。

「洗此大辱」，中國憑此一戰，一雪當年侵華的百年屈辱。

除了大敗日本外，此象還吐露了另一個玄機。

圖象中兩人胸口中，仔細看，會發現都刻有一個字，是個「心」字，中國人有句古語：非我族類，其心必異。

圖中兩人動作一致，目標一致，「兩心」相同，顯然是同宗同源的中國人。一個西方（美國）來的人，不是西方人而是中國人，那就表明了一件事，這個西方來的國家領導人是中國人。

這就是此象隱藏的玄機所在。

日本不會無原無故地與美國挑起戰爭，唯一原因是美國衰弱了，甚至分裂了。以今時今日看來，美國分裂的可能性很低，但回顧歷史，不難發現這類情況絕非罕見，中國歷史上，強如一統天下的大秦帝國，當年始皇登頂，傲視天下，誰會料到秦朝只傳了二世，國祚僅十五年；隋朝歷三十八載，元朝九十七年。

中國每朝更替，當中必經歷一段時期「群龍無首」，英雄爭霸，地方割據。過去個半世紀，在美國定居、成家、立業的華人，為數眾多，團結一起，自立劃地為國的可能性是絕對存在的，否則圖象中不會刻意地暗露玄機。

也因為美國衰落，各州分裂獨立，日本才有「勇氣」向美國進行復仇之戰，也就順理成章地，在某北美洲土地上，一個由華人領導的國家，請求中國幫忙參戰。兄弟同心，其利斷金。

頌言的四句，其實也很明顯了，在中國進入盛世時期，日本如何能抵抗，此戰結果就是日本（太陽）從此隱沒在太平洋中，不能再擁有軍備，也再沒有能力重啓軍國主義的雄心壯志了。

第四十六象　己酉　䷺ 坎下巽上　渙

讖曰

黯黯陰霾　殺不用刀

萬人不死　一人難逃

頌曰

有一軍人身帶弓。只言我是白頭翁。

東邊門裡伏金劍。勇士後門入帝宮。

聖歎曰此象疑君王昏瞶一勇士仗義興兵爲民請命故曰萬人不死一人難逃

第四十六象　己酉　渙卦

讖曰：黯黯陰霾　殺不用刀
萬人不死　一人難逃

頌曰：有一軍人身帶弓　只言我是白頭翁
東邊門裡伏金劍　勇士後門入帝宮

詭譎權謀動風雲
義正辭嚴定乾坤

此象是一場國家政變，為此，先敍述一個歷史故事。

漢武帝晚年，發生了一場「巫蠱之禍」，此事也成為後世民間的劇目。

漢武帝征和元年（六十五歲），是時，民間巫術盛行。一名被通緝的遊俠朱安世，被丞相公孫賀抓捕，朱安世不忿，在獄中上書揭發公孫賀兒子公孫敬聲私通陽石公主，並稱公孫家中的馳道埋有木偶人，用以詛咒漢武帝。公孫公子下獄並死在獄中，全家貶為奴隸，事件牽連甚廣，不但陽石公主，更波及衛青長子衛伉，也被處死。

元和二年，漢武帝得病，其寵臣江充因得罪太子劉據，恐劉據繼位後對他不利，遂對漢武帝說宮中蠱氣深重，影響漢武帝病情，漢武帝於是命他在宮中追查巫蠱之事。江充撤底搜了一遍，卻未能搜出一片木頭，於是對被捕人施以酷刑迫供，導致冤案叢生。最後為誣告太子，他備好一塊桐木，宣稱在太子府搜得，並謊稱在太子府挖出的木人最多，且發現詛咒武帝的帛書。

江充亦派人阻擋太子入宮面聖，太子被迫得走投無路，於是以假借武帝之命，指江充謀反，命武士將江充斬首示眾。

故事發展，太子逃亡，最後自縊而死。

時日過去，巫蠱事件逐漸被揭出破綻重重，真相漸見清晰，漢武帝深感不安。此時看守太廟的田千秋，稱被託夢，上書武帝：「子弄父兵，罪當笞。天子之子過誤殺人，當何罪哉！臣嘗夢一『**白頭翁**』教臣言。」

意思是兒子擅自玩弄父親兵器，其罪止於笞刑，太子有誤殺人，有什麼罪呢？他在夢中見到一個「**白頭翁**」，叫他向皇上訴說這番話。

因田千秋為太廟看守，這個託夢的「**白頭翁**」自然是指漢高祖劉邦。

漢武帝因此醒悟，於是進行了一次大肅清。

巫蠱之禍，前後遭劫被誅者達數萬人，國本動搖，加上漢武帝連年征戰，導致國庫空虛，靜心思量後，漢武帝在征和四年以《輪台詔》罪己，公開向臣民反省過錯，改革施政方針，與民休養生息。

這一個歷史背景，應該是此象以「白頭翁」來點出預言的關連性，相似性，事件顯然是一宗國家政變。

政治殺人，當然不用刀，黯黯陰霾，是暗藏重重陰謀，牽連的人也以萬計，政變最終也有一人負上罪責。

頌言中首句「有一軍人身帶弓」，不一定是這人身懷武器，如前提到的圖像，人與弓在一起，就是一個「夷」字，這個軍人可能也是一個外族人，外國人。

這個人應該也如漢武帝的巫蠱之禍中，以中華人民共和國開國元首的代言人身份，向當時的領導人作出提醒或作諫言。當然這人也是這場政變終結的關鍵人物。

至於進言時的情勢，也應該相當緊張和凶險，政府最高權力機關內外，都會是雙方劍拔弩張的對峙，這個關鍵人物也是從暗道進入。

以上只是按現時生活環境況作解釋，相信這場政變事件應該發生於本世紀末至下世紀初的事，以現時的科技、通訊已經非常發達，可以以一日千里來形容，如到了本世紀末，應該完全超出我們想像，人工智能、虛擬實境的應用相信極之普遍。

《推背圖》的預言，不過是前人用易經、卦象和歷史累積的事件，加以推演而得出的預測，只可以說指出事件發生的大概經過、時期和關鍵性的人物和重點，他們不是擁有「天眼通」、「天耳通」或「穿越」等神通，否則圖像中早就會出現西裝、槍炮、飛機、航母、航天器等。

那時的情況可能是全國都全現反政府的危機，「東邊門裡伏金劍」應該是形容局勢嚴峻，凶險隱伏。而「勇士後門入帝宮」所指的外國人，可能是利用秘密的通訊設備，如量子通訊，虛擬映像等與當時的領導人溝通，化解一場巨變。

相信，事情應該可以轉危為安，因為後一個預言也沒混亂的狀況。

第四十七象　庚戌　☰☵ 坎下乾上 訟

讖曰

偃武修文　紫薇星明

四夫有責　一言爲評

頌曰

無王無帝定乾坤。來自田間第一人。

好把舊書多讀到。義言一出見英明。

聖歎曰此象有賢君下士豪傑來歸之兆蓋輔助得人而帝不居德王不居功蒸蒸然有無爲而治之盛此一治也

第四十七象　庚戌　訟卦

讖曰：偃武修文　紫微星明
　　匹夫有責　一言為評

頌曰：無王無帝定乾坤　來自田間第一人
　　好把舊書多讀到　義言一出見英明

禍去福來中興現
武輕文重聖賢出

經歷了一場懲日戰爭，再走過一幕驚天政變，國家進行了一次改革，與民休養生息，當然可以看出世界應該普遍處於太平狀態，否則不會重文輕武。

漢武帝的「巫蠱之禍」前後經歷了三年多，香港一個小城，一個動亂也擾亂了三年，一場國家政變，前後也不會是一年半載，雖然禍亂平復，但要完全修復也不是兩、三年的事情，更何況廿一世紀是中國世紀、亞洲世紀，中國經歷了大半個世紀的繁榮，是全球的經濟中心。

所以，國家雖然進行改革，但期間也必出現大大小小的周折，要平衡各階層利益，不會是一件三言兩語的事情。

「無王無帝」早已在推翻滿清後，帝制就結束了，這裡的無王無帝，應該是指無權無勢無官職的意思，一個出身農家（又或暗喻一個姓田的人）的平民，應該也是擁有博士學位了，不然不會有「好把舊書多讀到」來形容，他也應該受到人民擁戴，或已有一定的社會地位，可以向國家提出一言「定乾坤」的方略。

此象就是國家中興，聖人出世的預言。

第四十八象　辛亥　䷌ 離下乾上 同人

讖曰

卯午之間　厥象維離

八牛牽動　雍雍熙熙

頌曰

水火既濟人民吉。手執金戈不殺賊。

五十年中一將臣　青青草自田間出

聖歎曰此象疑一朱姓與一苗姓爭奪朝綱而朱姓有以德服人之化龍蛇相鬥想在辰巳之年其建都或在南方

第四十八象　辛亥　同人卦

讖曰：卯午之間　厥象維離
八牛牽動　雍雍熙熙

頌曰：水火既濟人民吉　手執金戈不殺賊
五十年中一將臣　青青草自田間出

歧路徬徨北斗明
文臣武將定家邦

清金聖歎評註此象應該有所謬誤，主要是認為圖象中的龍蛇是互相爭鬥，因此解讀為朱苗兩人互爭天下。

《推背圖》的每個圖象，除了圖、讖言和頌言外，還有天干地支配合的六十甲子，主要是用來排序的，以第一象為甲子，第二象為乙丑，第三象為丙寅，直排到第五十九象的壬戌，第六十象的癸亥，再沒有其他用途。

之後是卦象，六十象各配一卦，但一共只用了五十九卦第，第二十象和此象的第四十八象同樣配了同人卦，小過、歸妹、蹇、謙、大畜五卦沒有被配上。以象配卦，應該是有其意義的。

同人卦，又稱天火同人，因為上三爻是乾卦，為陽，是天，下三爻是離卦，是火。天上的陽光，地上的火堆，都是代表光明，人以群分，物以類聚，所以是同心同德的人團結在一起。而天在上位，中間九五陽爻得位，下火的六二陰爻也是得位，是上下和陸，上下同心，治理天下。

第二十象的預言，是宋徽宗時，蔡京當權亂政的時期，蔡京在位期間，瞞上欺下，責官貪腐，為朝廷搜刮民間財富，是導致北宋滅亡的主要推手，《宋史》將其列入《奸臣傳》，配同人卦，顯然是「同人」的相反演繹。

「厥象」的意思是昏迷，失去知覺；「維」有連繫的意思，「離」是分開。厥象維離是表達當時政局出現混亂，失去方向，難於取捨。事件發生在卯（兔年）午（馬年）之間的四年裡。

八牛是朱字，指一個姓朱的人，團結眾人，走出困局。「雍雍」是和諧、融洽之意；「熙熙」含有歡樂熱鬧的意思。情況與同人卦所含的意義吻合，

卯午之間就是辰（龍年）巳（蛇年），頌言中的水火既濟（既濟卦），指辰巳年間，朱姓的人挺身而出，說服及帶領眾人，慢慢走出困局，民生轉趨平穩。

「手執金戈不殺賊」有兩種意思，一是執政者手執權力法令，對犯法者卻採取較寬容的尺度，實施懷柔政策；二是擁有強大的武力，達到不戰而屈人之兵，有止戈為武的意

義。

「五十年中一將臣」，如同第四十三象的頌言「三十年中子孫結」，在一個領導人在他執政五十年的二十五年前後（應該也是在辰巳年間），有一個姓苗（草出田間）的將領，為國家對外取得非武的和平，這也是中興時期的延續。

第四十九象　壬子

☷☷ 坤下坤上 坤

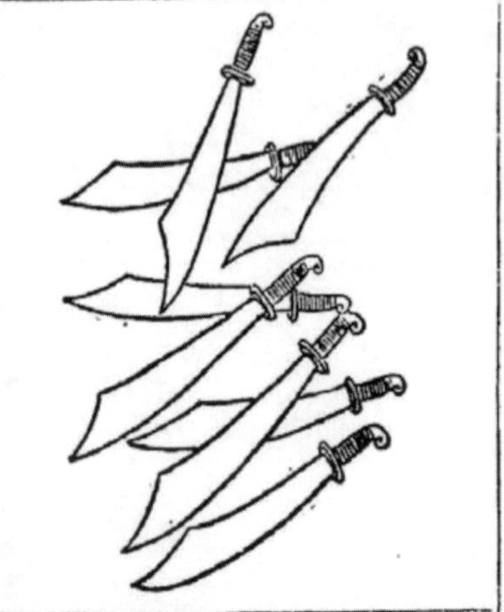

讖曰

山谷少人口　欲剿失其巢
帝王稱弟兄　紛紛是英豪

頌曰

一個或人口內啼。分南分北分東西。
六爻占盡文明見。棋布星羅日月齊。

聖歎曰久分必合久合必分理數然也然有文明之象當不如割據者之紛擾耳

第四十九象　壬子　坤卦

讖曰：山谷少人口　欲剿失其巢
　　帝王稱兄弟　紛紛是英豪
頌曰：一個或人口內啼　分南分北分東西
　　六爻占盡文明見　棋布星羅日月齊

久合終分各逞能
春秋共主結同盟

中華人民共和國至此，以每象平均相隔時間計算，已經執政約達二百八十至三百年，終於出現割據分裂的情況。

讖言的首兩句：山谷少人口，欲剿失其巢。除了是個字謎，同樣可能是語帶相關。「谷」字去了人和口是一個八字，「剿」字失了巢是個刀字，八刀合為一個分字。圖象也是八把刀，除了暗合「分」字，也預言中國分裂成八個小國，頌言的第二句也「分南」、「分北」、「分東西」，四面分八方。

另外欲剿失其巢可能是指政府軍出重兵殲敵，反而首都被起義者乘虛攻陷。

這個預言還有一個字謎，是頌的第一句：「一個或人口內啼」，或人比較突兀，所以應該是兩個字，口內一個或字是「國」字，口內一個人字是一個「囚」字，國囚兩字指的是被囚的一個政治犯，群雄割據事件，應該也是由這個政治犯在受囚中指揮的。

此象的卦是坤卦，坤卦是地，是馬，是堅貞，是實行，是群眾跟隨首領而行動的卦。

頌言：六爻占盡文明見。

坤卦六爻分別是初六，履霜，堅冰至；六二，直方大，不習無不利；六三，含章可貞，或從王事，無成有終；六四，括囊，無咎無譽；六五，黃裳，元吉；上六，龍戰於野，其血玄黃。

上六，龍戰於野，其血玄黃。

《象》曰：龍戰于野，其道窮也。

指龍在野外發生激烈打鬥，最後兩敗俱傷，血與泥混成玄黃色。

前有提過，六十四卦中，只有乾和坤兩卦有第七爻，分別是用九和用六。乾卦的用九是群龍無首，而占卜至坤卦的六爻全變，就是「坤之乾」，則以「用六」為占驗。六個陰爻全部都變，陰隨陽，又以坤卦堅持到底的德性，因此利永貞。用九為群龍無首之象，用六則是從一而終，專一堅定到底，因為坤陰之美德在於「貞」，因此用六曰「永貞」。

用六，利永貞。

到最後是堅持者得到勝利，按頌言所描述，雖然起義者得到勝利，但八方仍是成各據局面。從「文明見，棋布星羅日月齊」可知，八方諸國都取得共識，各自回到管轄領地，並以當中一國為共主，頗有春秋時期「尊王攘夷」的情勢。

中國又到了一個分裂時期。

第五十象　癸丑　䷗ 震下坤上 復

讖曰

水火相戰　時窮則變

貞下起元　獸貴人賤

頌曰

虎頭人遇虎頭年。白米盈倉不值錢。

豺狼結隊街中走。撥盡風雲始見天。

聖歎曰此象遇寅年必遭大亂君昏臣暴下民無生息之日又一亂也

第五十象　癸丑　復卦

讖曰：水火相戰　時窮則變

貞下起元　獸貴人賤

頌曰：虎頭人遇虎頭年　白米盈倉不值錢

豺狼結隊街中走　撥開風雲始見天

敵友重歸復一統

人獸共處難並融

此預言已經是兩百多年後的事了，如果只用今日的認知去理解，可能會出現嚴重落差。

此象配卦為復卦，復卦配氣是十一月的冬至，冬至一陽生，是陰氣達至頂峰而陽氣漸生的轉折點。第四十九象是分裂割據的局面，到了此卦，應該也是分久必合的時候，所以有「水火相戰，時窮則變」的讖言，上一象是坤卦，堅貞獲得取勝，讖言的第三句「貞下起元」應該是秉承起義初心的堅持者獲得勝利，得以立國起元。

第四句的「獸貴人賤」與頌言的第三句「豺狼結隊街中走」，明顯是互相呼應的，人類的發展過程，且在兩百多年後，禽獸不可能滿街走，這裡應該是描述未來的境象，可能指的是奸官惡棍，但最有可能的是人工智能的機械警察、機械獸等，執行維持治安的工作。

頌言的「白米盈倉不值錢」的現象出現，卻沒有再提民生情況。能導致糧食平價，應該是因為那時已經進入全自動化的世界。很多工作已經由機械人、人工智能所取代，也做成「獸貴人賤」的現象。

「虎頭人遇虎頭年」相信是指虎年開元建國，國家的領導人應是以「虍」為部首的姓，常見的有「盧」和「虞」。

當然這樣的生活環境，自然產生很多矛盾，到處到由機械人監管，有利也有害，人類會否從利用變成反被控制？能否撥開雲霧見青天？人與被創造者能否和諧共處，取得平衡？

第五十一象　甲寅　䷒ 兌下坤上　臨

讖曰

陰陽和　化以正

坤順而感　後見堯舜

頌曰

誰云女子尚剛強　坤德居然感四方

重見中天新氣象　卜年一六壽而康

聖歎曰此象乃明君得賢后之助化行國內重見昇平又一治也

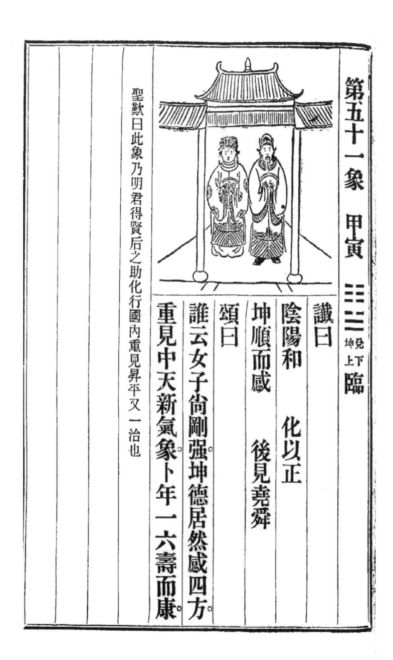

第五十一象　甲寅　臨卦

讖曰：陰陽和　化以正

坤順而感　後見堯舜

頌曰：誰云女子尚剛強　坤德居然感四方

重見中天新氣象　卜年一六壽而康

乾坤合兮柔勝剛

天下治兮富且安

此象所顯示的，都是國家得到有效管治，天下泰平，一片祥和的景象。

圖中是一對身穿帝、后服裝的男女，明顯就是國家領導人，不管是基於中國禮儀習俗或實際職權，女的站位略後於男的。而讖言和頌言則表明女子的實際管治能力才是主導。

「陰陽和，化以正」，夫妻兩人配合領導國家施政，同心同德，以德政利民，取得民心認同，再造繁榮盛世。

「坤順而感，後見堯舜」

因為女領導提出的懷柔的施政方向，為國家打好了基礎，及後治國的領導也是賢德人士。

「卜年」是古人以古占卜的方法，以獲取執政的年期。一六可能是十六年，也可能是六屆任期，又或是一個甲子，畢竟，康熙在位也有六十一年。不論如何，隨著科技、醫學的發展，我們不必以現在情況，衡量未來，將來人類平均壽命，應該會比現代人更長，都有高壽之齡。

第五十二象　乙卯　䷊ 乾下坤上 泰

讖曰

彗星乍見　不利東北

踽踽何之　瞻彼樂國

頌曰

欃槍一點現東方。吳楚依然有帝王。

門外客來終不久。乾坤再造在角亢。

聖歎曰此象主東北被夷人所擾有遷都南方之兆角亢南極也其後有明君出驅逐外人再慶昇平

第五十二象　乙卯　泰卦

讖曰：彗星乍見　不利東北
　　　踽踽何之　瞻彼樂國

頌曰：欃槍一點現東方　吳楚依然有帝王
　　　門外客來終不久　乾坤再造在角亢

東來鼠賊亂京華
南遷龍星逐虎狼

此象預言東方海外有強敵入侵，被迫遷都吳楚（湖北至江蘇、安徽一帶）。

彗星古又稱「欃槍星」，讖言與頌言首句是互相呼應的，指東方有外敵侵入，東北方被佔，而這顆星，也可能是這一國的國旗上的旗標。

圖象中，天上是一個無光的太陽，可能又指是沒落了的日本。皇帝（領導人）背著太陽而行，就是首都落陷被佔，遷往吳楚建臨時政府。

「踽踽」是孤獨的意思，孤獨地走何何處？去一個安全的地方。

《詩經．魏風．碩鼠》：

碩鼠碩鼠，無食我黍！三歲貫女，莫我肯顧。
逝將去女，適彼樂土。樂土樂土，爰得我所。
碩鼠碩鼠，無食我麥！三歲貫女，莫我肯德。
逝將去女，適彼樂國。樂國樂國，爰得我直。
碩鼠碩鼠，無食我苗！三歲貫女，莫我肯勞。
逝將去女，適彼樂郊。樂郊樂郊，誰之永號。

詩中大概意思是以碩鼠作比喻，再三歌詠著，我三年來以食物餵養你，你不但不懂感恩，還貪得無厭，我現在要離你而去，去一個安樂的地方。

前第四十五象，日本戰敗，從此失去了主權，應該是納入了中國管轄區，一直到三百多年後，再度興起侵華。

頌言第三、四句「門外客來終不久　乾坤再造在角亢」，顯示這外亂只能維持一段短時間，然後再被剿平。

「角亢」二宿，屬中國二十八星宿的東方青龍七宿，分別處於首、次兩位。

這句意思是指，如「角亢」指年份，則會在龍年，將外亂結束。

若「角亢」是指的是地區方向，則「角亢」代表的是京兆郡，在三國至唐時代，京兆郡管治的地區是西安，「乾坤再造在角亢」，或指在西安成立新政府，也呼應了讖言中的「瞻彼樂國」，新政府終於把這個東方門外客清除掉，這禍患也像彗星一樣，雖然迫得國家遷都西安，終究為禍也是短暫。

第五十三象　丙辰　☳☰ 乾下震上　大壯

讖曰

關中天子　禮賢下士

順天休命　半老有子

頌曰

一個孝子自西來。　手握乾綱天下安。

域中兩見旌旗美。　前人不及後人才。

聖歎曰此象乃一秦姓名孝者登極關中控制南北或以秦爲國號此一治也

第五十三象　丙辰　大壯卦

讖曰：關中天子　禮賢下士
　　　順天休命　半老有子

頌曰：一個孝子自西來　手握乾坤天下安
　　　域中兩見旌旗美　前人不及後人才

求賢尋覓安邦計
為民消困解糧荒

承接前象，「角亢」指西安，中史政府因外敵侵擾而遷都西安，是以此象的讖言，以「關中天子」為開始。

關中亦稱渭河平原，又稱秦州，屬秦嶺地帶，主要包括西安、渭南、寶雞、咸陽、銅川等四大市，古都長安也在其中。

此象圖中是三個人，一個長者，兩個年輕人，三人圍在一起，一個背向，地下放了一束稻穗。當然，這可能是一字謎，三人下面一個禾字，是一個「秦」字。

長者應該是國家領導人（關中又或指秦姓），三個人圍著地上的稻穗，應是當時糧食出現嚴重問題，足以動搖國本，國家急需解決，於是重賞天下，求解困良方。當中有一名字中有孝字的（半老有子），從西方而來（或是從西方國家歸來），手中有解決問題的方法，他應該是圖象中，面孔向出者。而有另外背向者，也提出另一種方案，當時應該兩案並行，結果兩個方案都獲得優良效果，「域中兩見旌旗美」，然而是背向的那人，採用的方法是最為優良，「前人不及後人才」。

當然這只是按現時邏輯作推論，畢竟世事多變，此象按象數計，應在三百多年後。

第五十四象　丁巳　☱☰ 乾下兌上 夬

讖曰

磊磊落落　殘棋一局
啄息苟安　雖笑亦哭

頌曰

不分牛鼠與牛羊。　去毛存鞟尚稱強。
寰中自有眞龍出　九曲黃河水不黃。

聖歎曰此象有實去名存之兆或如周末時號令不行尚須正朔亦久合必分之徵也

第五十四象　丁巳　夬卦

讖曰：磊磊落落　殘棋一局

啄息苟安　雖笑亦哭

頌曰：不分牛鼠與牛羊　去毛存鞟尚稱強

寰中自有真龍出　九曲黃河水不黃

百半國祚又覆亡

黃河水清出聖王

從第五十象建國，歷約百二至百五年，中國又面臨一次興亡分裂再統一的循環。

讖言很淺白，國家已瀕臨覆亡，當權者還苦苦支持，最終亦難逃劫數。

頌言：「不分牛鼠與牛羊　去毛存鞟尚稱強」

「去毛」一詞，正好再為第四十象的頌言：「腳下無履首無毛」，中的「無毛」作註解，互相呼應。

鞟者，皮革也，牛的毛遭去掉了，失去保護，只餘下皮革，意指受傷嚴重，防守力大大削弱。

圖中的五個小孩（割據的地方政權），驅趕著一只牛，意指正推翻一個正沒落的政權。

「寰中自有真龍出，九曲黃河水不黃」，中國自古就有黃河水清出聖人之說。

三國•魏•李康《運命論》：「夫黃河清而聖人生。」

然而世事總未盡人意，往後幾個象都顯示，中國再次陷於長期戰亂分裂狀態。這個真龍的出現，只令局勢得到一個短暫的和平。

第五十五象 戊午 ☵☰ 坎上乾下 需

讖曰

懼則生戒　無遠勿屆

水邊有女　對日自拜

頌曰

覬覦神器終無用。翼翼小心有臣衆。

轉危爲安見節義。未必河山是我送。

聖歎曰此象有一石姓或劉姓一統中原有一姓汝者謀篡奪之幸有大臣盡忠王室戒謹惕勵一切外侮不滅自滅雖亂而亦治也

第五十五象　戊午　需卦

讖曰：懼則生戒　無遠勿居
水邊有女　對日自拜

頌曰：覬覦神器終無用　翼翼小心有臣眾
轉危為安見節義　未必河山是我送

禍亂朝綱隱廟堂
忠賢扶傾護國邦

此象的圖象是一個人雙手高舉，作勢扶起一株果樹，四顆果實似是一株石榴樹。暗指這個國家已傳到第四代（或任）。石榴有兩種隱喻，一是當年建國者姓石或姓劉，二是是這第四位接任者姓石或姓劉。

讖言：「懼則生戒，無遠勿居，水邊有女，對日自拜。」

戒慎恐懼，有危機意識，因此要時常處於謹慎狀態。

無遠勿居即無遠弗居，是無論多遠，只要有決心，終會到達。

水邊有女是一個汝字；對日自拜，日是天，是太陽，也有天子的意思，對日自拜，明顯是有心要奪大位。

這四句是說有一個姓汝的人，他應該在國家機關中，身居高位，但他有篡奪國家大位之心，正小心翼翼地暗中進行他的計劃。

頌言：「覬覦神器終無用，翼翼小心有臣眾。」

明顯他的計劃最終敗露，被其他政府官員聯手所破壞。

「轉危為安見節義，未必河山是我送」

這兩句似乎藏了一個玄機，就是這件謀反的事情雖然失敗了，但最終還是會斷送。

第五十六象　己未　䷇ 坎上坤下 比

讖曰

飛者非鳥　潛者非魚

戰不在兵　造化游戲

頌曰

海疆萬里盡雲烟。上迄雲霄下及泉。

金母木公工幻弄。干戈未接禍連天。

聖歎曰此象行軍用火即戰不在兵之意頌云海疆萬里則戰爭之烈不僅在于中國也

第五十六象　己未　比卦

讖曰：飛者非鳥　潛者非魚

戰不在兵　造化遊戲

頌曰：海疆萬里盡雲烟　上迄雲霄下及泉

金母木公工幻弄　干戈未接禍連天

未來兵凶如電競

人工智能定勝負

第五十象提到的「豺狼結隊街中走」，到了此象，人工智能已經到了大量投入戰事之中。

會飛的不是鳥，是無人智能戰鬥機，無人智能潛艦，在萬里高空中，戰雲密佈，更可能是太空戰，海底下也是炮火連綿。

看看圖象中的兩人，口噴火焰，就知道是智能機械人在戰鬥了，或許兩人是變形金剛，也絕不為怪。

「金母木公工幻弄」，按《推背圖》成書的年代，人們的認知，實不足以了解一千八百年至二千年的未來科技（距今也約有三、四百年），只能推算出這些鳥、魚、噴火人是金屬和木製等非天然生物，於是也加上一個「幻」字。

既然唐代李淳風、袁天罡兩人沒有通天徹地之能，只推算出人類已到了如遊戲一般的似實似虛，疑幻似真的戰鬥景象，所以在頌言的最後一句「干戈未接禍連天」，因為人類沒「親臨」參與戰事，在實際激烈戰爭中沒正面面對戰鬥和死亡，結果用了「干戈未接」的評語，「禍連天」則仍是實際會發生的事實。

相信這場人工智能大戰，不但是中國國土上的第一遭，而且還有外國加入，不然不會有「海彊萬里盡雲烟，上迄雲霄下及泉」，戰火硝烟連綿萬里長空，海底也是鬥個不亦樂乎，應也是人類首次的人工智能世界大戰。

第五十七象　庚申　䷹ 兌下兌上 兌

讖曰

物極必反　以毒制毒
三尺童子　四夷讋服

頌曰

坎離相尅見天倪。天使斯人弭殺機。
不信奇才產吳越。重洋從此戢兵師。

聖歎曰此象言吳越之間有一童子能出奇制勝將燎原之火撲滅淨盡而厄運自此終矣又一治也

第五十七象　庚申　兌卦

讖曰：物極必反　以毒制毒
三尺童子　四夷讋服

頌曰：坎離相尅見天倪　天使斯人弭殺機
不信奇才產吳越　重洋從此戢兵師

智戰苦纏久未息
神童妙技頓止停

前象的智能世界大戰纏鬥經年，勝負未分，此象為兌卦，象徵和睦喜悅，終於到了和平解的時候。

讖言：「物極必反，以毒制毒」

長期戰亂，人力資源，經濟財富都受到嚴重影響，厭戰呼聲漫延，但越是面臨抉擇，總會猶豫不決，一切都是利益盤算。

以毒制毒，此戰而言，可能有兩種情況，三、四百年後的科技戰爭，已非今日我們所能想像的，如我們即將採用的量子通訊，那時應該只會在科技博物館中，才能找到。人工智能是超級腦在指揮，遙遠控制，阻止和斷絕遙控通訊，便能止息戰事。另外可能發生的情況是生物科技，因為戰略物資在長期戰鬥中，必然會出現產能疲乏，難以為繼，製造生物病毒就會成為戰事中某方的選擇。

「三尺童子，四夷讋服」

讋服，見《前漢·項籍傳》諸將讋服。讋，是失氣，喪氣，失去志氣的意思。

這個「三尺童子」，以科技破解了西方的技術，不論通訊技術或生物科技技術。

讖言：「坎離相尅見天倪，天使斯人弭殺機」

坎為水，離為火，水火相尅，圖象中的小孩以潑水滅火，是自然的法則。這個神童是上天賜與我們中國人去破解（或破譯西方通訊科技）病毒的生化危機，迫得西方不得不接受和解，世界重獲和平。

「不信奇才產吳越，重洋從此戢兵師」

吳越地區，在唐代，所涉範圍應該以三國時期東吳的領地為據，即當時的荊州，揚州，廣州和交州等地區。

戢，是止息，停止的意思。

第五十八象 辛酉 ☱☵ 坎下兌上 困

讖曰

大亂平　四夷服

稱弟兄　六七國

頌曰

烽烟淨盡海無波。稱帝稱王又統和。

猶有煞星隱西北。未能遍唱太平歌。

聖歎曰此象有四夷來王海不揚波之兆惜乎西北一隅尚未平靖猶有遺憾又一治也

第五十八象　辛酉　困卦

讖曰：大亂平　四夷服
稱弟兄　六七國

頌曰：烽烟淨盡海無波　稱帝稱王又統和
猶有煞星隱西北　未能遍唱太平歌

三戰止息復一統
缺隅西北待撫平

第三次世界大戰落幕，因為中國是勝方，所以再度成為全球領袖，四方拜服，六七是一個虛數，即時結盟的大約有四十多國。

圖象中有四個背弓的人（夷人，外國人），一個長者，三個年輕人，長者表示傳統大國，其餘三國卻是較年輕的國家，這也是一個象徵，四百多年後，世界的變化，國家興替，也與現時的不一樣了。

中國雖然統一了，但西北仍有隱患，這可能是西藏一帶，也可能是國外的俄羅斯或中亞國家。

第五十九象　壬戌　䷞ 艮下兌上　咸

讖曰

無城無府　無爾無我

天下一家　治臻大化

頌曰

一人爲大世界福。　手執籤筒拔去竹。

紅黃黑白不分明。　東南西北盡和睦。

聖歎曰此乃大同之象人生其際飲和食德當不知若何愉快也惜乎其數已終其或反本歸原還於混噩歟

第五十九象　壬戌　咸卦

讖曰：無城無府　無爾無我
治臻大化　天下一家

頌曰：一人為大世界福　手執簽筒拔去竹
紅黃黑白不分明　東南西北盡和睦

此象已經非常淺白了，就是世界大同，天下一家，沒有膚色歧視，全球平等對待。

唯一是頌言的第二句「手執簽筒拔去竹」中的有兩個字謎，「簽筒」兩字拔去了竹，就是「僉」和「同」字。僉是全部，是眾人的意思。

就是全球人，無分膚色、種族、階級，世界大同。在此，大膽提出一個預言，能讓世界大同，誰能做到，個人判斷，非中國莫屬，這是文化使然，了解中國歷史就有答案，中國有五十六個民族，至今和平共處。

第六十象　癸亥　☷☱ 坤下兊上 萃

讖曰

一陰一陽　無終無始

終者自終　始者自始

頌曰

茫茫天數此中求。世道興衰不自由。

萬萬千千說不盡。不如推背去歸休。

聖歎曰一人在前一人在後有往無來無獨有偶以此殿圖其寓意至深遠蓋無象之象勝於有象我亦以不解解之著者有知當亦許可

第六十象　癸亥　萃卦

讖曰：一陰一陽　無終無始
終者自終　始者自始

頌曰：茫茫天數此中求　世道興衰不自由
萬萬千千說不盡　不如推背去歸休

欲知後事如何
請君自行分解

此象是李袁二人《推背圖》的終章，但世界未因此結束，此書道出自唐開國後的千八至二千年間的中國歷代重大事件演變（距今還有約五百多年）。

中華民族從未有文字開始，創造了河圖、洛書，人們從洛書中逐漸演變，到先天八卦的和陰陽二爻，再到文王的後天八卦，走了好幾千年的承傳，再誕生了《易經》，繼而成為群經之首（父），智慧不斷積累，中華文化根深葉茂，從中誕生了《推背圖》這部驚世寶典。

「茫茫天數此中求」，天機從來沒有洩露，一直埋藏在我們的典籍中，正待我們為它續命。

世道興衰天作主，我輩順天道承傳。

日出日落誰來問，萬年劫後再起元。

「赤馬紅羊劫」大事記

公元前195年（丙午）：漢高祖劉邦駕崩，呂后專權，漢家基業幾乎傾覆；

公元前134年（丁未）：戾太子出生（巫蠱之惑孕育），漢朝開始徵伐匈奴，由此徵戰三十年，死傷無數；

公元前74年（丁未）：漢昭帝駕崩，劉賀登基，旋因淫亂被廢，一歲再易主；

公元前15年（丙午）王莽被封為新都侯，趙飛燕被封為皇后；王莽篡權禍根種下，西漢絕亡；

公元46年（丙午）：海內無事，但勾引南匈奴，導致後來劉淵亂華之禍；

公元106年（丙午）：漢殤帝即位，第二年漢安帝即位，東漢政亂始自此二年；

公元167年（丁未）：桓帝駕崩，靈帝即位，漢朝從此衰亡；

公元226年（丙午）：魏文帝駕崩，魏明帝即位，司馬懿受命托孤輔政，其後司馬氏滅掉曹魏，源自此年；

公元 286 年（丙午）：慧帝尚處東宮，五胡亂華，源自於此；其後南北朝分裂，禍事連年不斷，更是罄竹難書；

公元 646 年（丙午）：武則天進入後宮；

公元 766 年（丙午）：安史之亂平定，但餘孽置於河北，強藩悍鎮，卒以亡唐；

公元 826 年（丙午）：唐敬宗被宦官殺害；其後有甘露之變；

公元 886 年（丙午）：天下大亂，唐僖宗逃亡漢中；

公元 946 年（丙午）：後晉滅於契丹；

公元 1007 年（丁未）：大建道觀寺廟，海內虛耗；

公元 1067 年（丁未）：王安石入朝，不久開始變法，國家擾亂；

公元 1126 年（丙午）：金兵攻入汴京，北宋滅亡，是為靖康之恥；

公元 1187 年（丁未）：高宗駕崩。

公元 1247 年（丁未）：元軍侵入兩淮、四川等地。與元軍交戰。

公元 1306 年（丙午）：山西、河北地震。繼爾開成路地震，王宮及官民廬舍皆壞，壓死故秦王妃也里完等五千餘人。雲南少數民族叛亂。此年北方旱災、蝗災，南方水災嚴重。

公元 1307 年（丁未）：成宗死。武宗弟（後為仁宗）與丞相發動宮廷政變，廢皇后并賜死，又將安西王等人逮捕賜死，請海山至大都繼位，是為武宗。

公元 1366 年（丙午）：朱元璋率領的大明義軍占領淮南、宿州、徐州、高郵等地。山西汾州地震。

公元 1367 年（丁未）：張士誠降明，又從海路攻占福州。山東地震。

公元1426年（丙午）：宣宗登基，改元宣德。京師地震，與南安國黎利交戰，明軍戰敗。

公元1487年（丁未）：憲宗朱見深成化二十三年，憲宗死。

公元1547年（丁未）：平定白草番亂，黃河決口淹曹縣等地，倭寇侵擾寧波、台州。

公元1606年（丙午）：華北地區蝗災嚴重。緬甸入侵中國，河套地區遭北方民族入侵，被官兵擊退。蒙古朵顏入侵，亦擊退。李自成出生。

公元1667年（丁未）：鰲拜專橫跋扈，誣告戶部尚書蘇納海等，制造冤獄。盛京（瀋陽）地震。

公元1726年（丙午）：鏟除異己勢力，削除皇八弟、九弟、十四弟及簡親王王職，逮捕大臣隆克多、查嗣庭等入獄，年羹堯案發。

公元 1786 年（丙午）：山西、安徽等地水災，四川打箭爐地區 7.5 級地震，因山崩使大渡河截流，十日後決口，發生了特大洪水，造成幾十萬人死亡，水患延至湖北。地震，江蘇、河南等地旱災。福建陳荐等人造反。林爽文義軍攻台灣，湘西曲族亦反清。江、淮一帶水災，華北旱災。

公元 1846 年（丙午）：多地水旱之災，雲南、青海回民暴亂。英軍撤離舟山群島，仍占虎門。

公元 1907 年（丁未）：光緒帝病。黃河、永定河決口，雲雲南大旱，綏來地震。西南喇嘛叛亂，革命黨人徐錫麟殺安徽巡撫恩銘，徐被捕遇害。英國人擬開發西藏協議。日本以水災為由，向中國索取糧食，中國政府輸江、皖、浙、鄂諸省米糧六十萬石濟之。

公元 1966 年(丙午)：文化大革命於此年暴發。中國至有十年的大動亂，天怨人怒。文化大革命如火如荼，進入高潮期，此年全國大動亂。

宋 邵康節《梅花詩》

第一節

蕩蕩天門萬古開，幾人歸去幾人來。山河雖好非完璧，不信黃金是禍胎。

第二節

湖山一夢事全非，再見雲龍向北飛。三百年來終一日，長天碧水嘆瀰瀰。

第三節

天地相乘數一原，忽逢甲子又興元。年華二八乾坤改，看盡殘花總不言。

第四節

畢竟英雄起布衣，朱門不是舊黃畿。飛來燕子尋常事，開到李花春已非。

第五節

胡兒騎馬走長安，開闢中原海境寬。洪水乍平洪水起，清光宜向漢中看。

第六節

漢天一白漢江秋，憔悴黃花總帶愁。吉曜半升箕斗隱，金烏起滅海山頭。

第七節

雲霧蒼茫各一天，可憐西北起烽煙。東來暴客西來盜，還有胡兒在眼前。

第八節

如棋世事局初殘，共濟和衷卻大難。豹死猶留皮一襲，最佳秋色在長安。

第九節

火龍蟄起燕門秋，原壁應難趙氏收。一院奇花春有主，連宵風雨不須愁。

第十節

數點梅花天地春，欲將剝復問前因。寰中自有承平日，四海為家孰主賓。

邵康節先生的《梅花詩》一共十節，四句七言。第一至第六節是已經發生了的預言，每一節預言的跨度基本上是一個朝代的起始與終結。

第一、二節是宋朝，第三節是元朝，第四節是明朝，第五節是清朝，第六節是民國、軍閥割據與日本侵華。

第七節的第一句描述的是台海分治，其餘三句很難判斷，因為都是未發生的事。從第七節開始到第十節，對應《推背圖》，相當於第四十二象至六十象，即共十九個預言，跨度約六百餘年。除去第十節結束（與《推背圖》六十象相同意義），則十二句述說了六百年間發生的重要事件。

因此，反不如《推背圖》來得細緻、清晰。

乙巳占序

作者 唐 李淳風 貞觀十九年 乙巳

夫神功造化，大易無以測其源；元運自然，陰陽不可推其末。故乾元資始，通變之理不窮；坤元資生，利用之途無盡；無源無末，眾妙之門大矣；無窮無盡，聖人之道備矣。昔者伏犧氏之王天下也，仰則觀象於天，俯則觀法於地。觀鳥獸之文，與天地之宜，近取諸身，遠取諸物，於是始畫八卦，以通神明之德，以類萬物之情，故可以探賾索隱，鉤深致遠，幽潛之狀不藏，鬼神之情可見，允符至理，盡性窮源，斷天下之疑，通天下之誌，定天下之業，冒天下之道。可久可大，逾遠逾深，明本其宗致在於茲矣。故曰天垂象，見吉凶，聖人則之；天生變化，聖人效之。法象莫大乎天地，變通莫大於四時。懸象著明莫大乎日月，是知天地符觀，日月耀明，聖人備法，致用遠矣。昔在唐堯，則曆象日月，敬授人時。爰及虞舜，在璿璣玉衡，以齊七政。暨乎三王五霸，克念在茲。先後從順，則鼎祚永隆；悖逆庸違，用語社稷顛覆。是非利害，豈不然矣？斯是實天地之宏綱，帝王之壯事也。至於天道神教，福善禍淫，譴告多方，鑒戒非一。故列三光以垂照，布六氣以效祥。候鳥獸以通靈，因謠歌而表異。同聲相應，鳴鶴聞於九皋；同氣相求，飛龍吟乎千里。兼複日虧麟鬥，月減珠消，暈逐灰移，彗因魚出。門之所召，隨類畢臻，慶之所授，待感斯發。無情尚爾，況在人乎？餘幼纂斯文，頗經研習，古書遺記，近數十家，而遭大業昏凶，多致殘缺，泛觀歸止，請略言焉。夫神妙無方，義該萬品；陰陽不測，事同百慮。故景星夜煥，慶雲朝集，二明合於北陸，五緯聚於東井。此乃表帝星之聖德，順天下之嘉瑞也。孛氣見於夏終，彗星著於秦末，或狗象而東墜，或蛇行而西流。此則呈執政之酷暴，逆生民之禍應也。殷帝翦發，沃澤千里；宋公請殃，熒惑退舍。此則修善之慶，至德可以禳災也。劉裕作逆，以長星為己瑞；母邱起亂，以蚩尤為我祥。此則覆災之咎，逆招天殃者也。唐堯欽明，懷山襄陵；殷湯聖政，焦金流石。北猶日在北陸而沍寒，日行南陸而炎暑，月麗箕而多風，月從畢而多雨。此運數之大期，非關於治亂者也。荊軻謀秦，白虹貫日；衛生設策，長庚食昴。魯陽麾指，而曜靈回駕；荀子道高，而德星爰聚，此則精誠所感，而上靈懸著也。黃星出漢，表當塗揖讓之符；紫氣見秦，呈典午南遷之應，妖象著而殃鍾齊晉，蛇乘龍而禍連周楚。熒惑守心，始皇以終；流光墜地，公孫遂隕。此則先形以設兆也。使流入蜀，李郃辨其象；客氣逼座，嚴陵當其占。芒碭之異氣常存，舂陵之火光不絕。或祲星楚幕，氣兆晉軍。此則當時旌象也。周衰夜明，常星不見；漢失其德，日暈晝昏。女主攝政，遂使紀綱分析；權臣擅威，乃令至柔震動。景藏飛燕，地裂鳴雉。此則後事而星驗也。是乃或前事以告寧，或後政而示罰，莫不若影隨形，如聲召響，凶謫時至，譴過無差，休應若臻，福善非謬，居遠察邇，天高聽卑，聖人之言，信其然矣。是故聖人寶之，君子勤之，將有興也。谘焉而已，從事受命莫之違。然垂景之象，所由非一，占人管見，異矩別規。至如開基闡業，以濟民俗，因河洛而表法，擇賢達以授官，則軒轅唐虞重黎羲和其上也。疇人習業，世傳常數不足，其所守妙賾可稱，巫鹹石氏公唐昧梓慎裨灶其隆也。博物達理，通於彝訓，綜覈根源，明其大體，箕子子產其高也。抽秘思，述軌模，探幽冥，改弦調，張平子王興元其枝也。沈思通幽，曲窮情狀，緣枝反幹，尋源達流，譙周管輅吳範崔浩其最也。托神設教，因變通獎，亡身達節，書理輔諫，穀永劉向京房郎顗之其盛也。短書小記，偏執一途，多說遊言，獲其半體，王朔東方朔焦貢唐都陳卓劉表郤萌其次也。委巷長情，人間小惠，意唯財穀，誌在米鹽，韓楊錢樂其末也。參同異，會殊途，觸類而長，拾遺補闕，蔡邕祖恒孫僧化庾季才其博也。竊人之才，掩蔽勝已，諂諛先意，讒害忠良，袁充其酷也。妙賾幽微，反招嫌忌，忠告善道，致被傷殘，郭璞其命也。自古及今，異人代有，精窮數象，鹹司厥職，或取驗一時，或傳書千載，或竭誠奉國，或嘉遯相時，隱顯之跡既殊，詳略之差不等。餘不揆末學，集其所記，以類聚編而次之。采摭英華，刪除繁偽，小大之間，折衷而已，始自天象，終於風氣，凡為十卷，賜名《乙巳》。每於篇首，各陳體例，書不盡意，豈及多陳？文外幽情，寄於輪廓，後之同好，幸悉予心。

書　名 | 推背圖：有圖有真相
作　者 | 道破生
出　版 | 超媒體出版有限公司
地　址 | 荃灣柴灣角街 34-36 號萬達來工業中心 21 樓 2 室
出版計劃查詢 | (852)3596 4296
電　郵 | info@easy-publish.org
網　址 | http://www.easy-publish.org
香港總經銷 | 聯合新零售(香港)有限公司
出版日期 | 2023 年 12 月
圖書分類 | 命相風水
國際書號 | 978-988-8839-49-0
定　價 | HK$88

Printed and Published in Hong Kong